愛を抱かずしてどうして海に入られようか

海女たち

해녀들

ホ・ヨンソン 詩集

姜信子 趙倫子 訳

新泉社

This book is published with the support of
the Literature Translation Institute of Korea (LTI Korea).

詩人の言葉

시인의 말

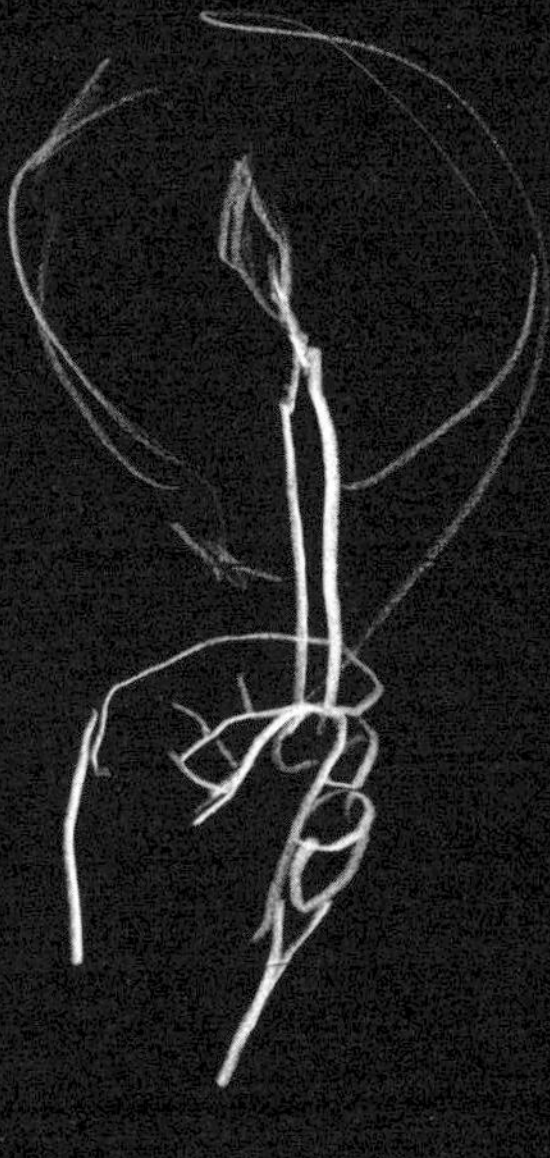

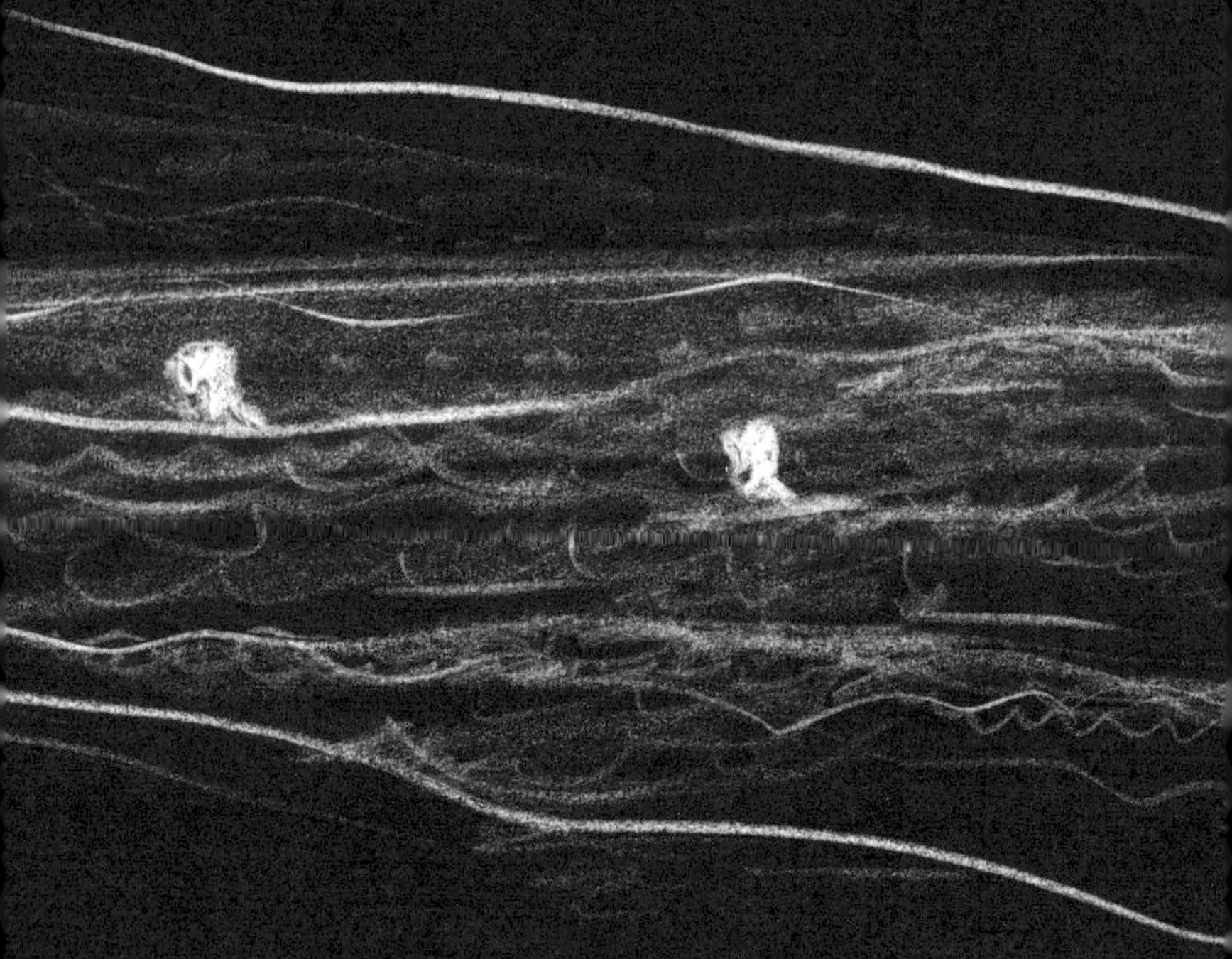

夜明けの道で見た
水の道をゆく彼女たちを

새벽길에 보았다
물길을 가는 그녀들

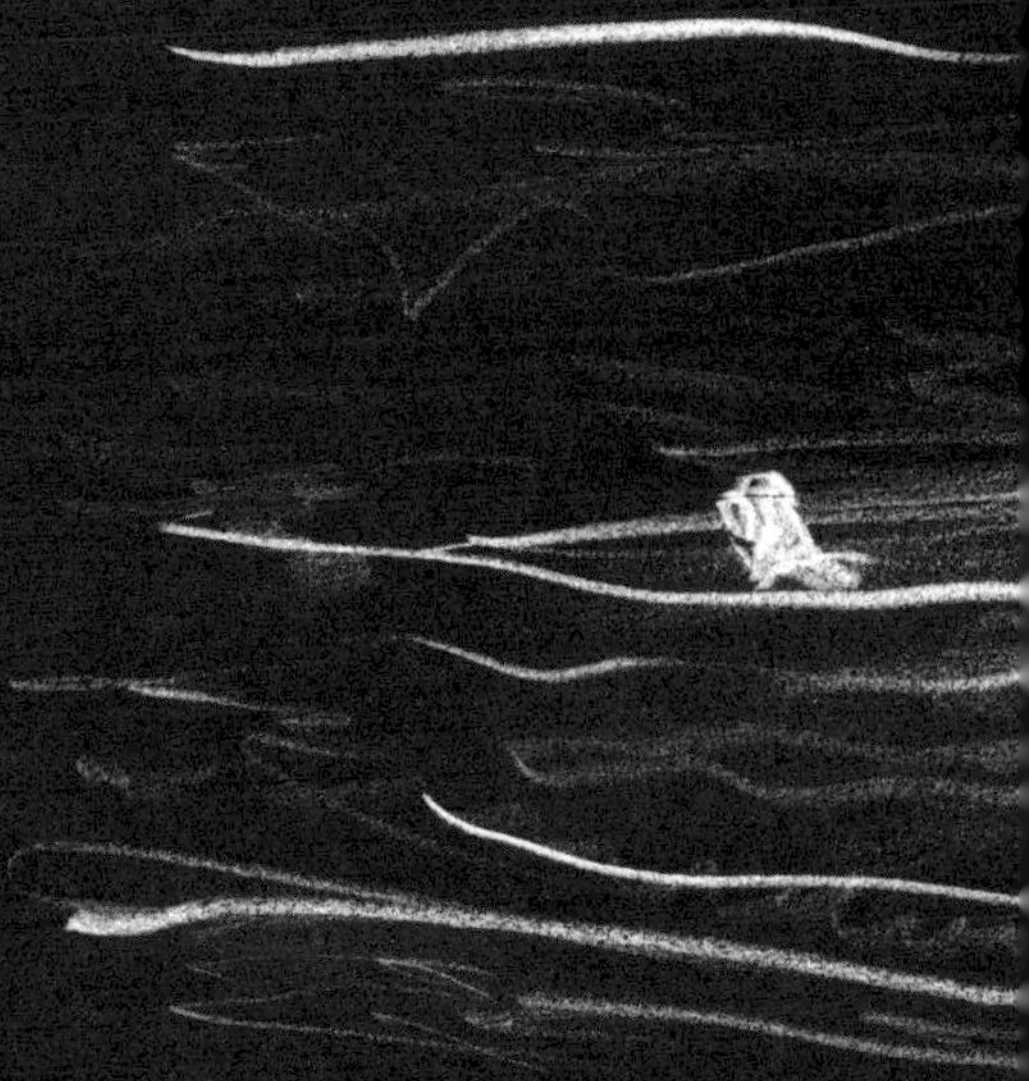

夕暮れの道で見た
星のようにはらはらと
朱に染まった海へと飛びこむ
彼女たちを

저무는 길에 보았다
별처럼 우수수
붉은 바다로 뛰어드는 그녀들

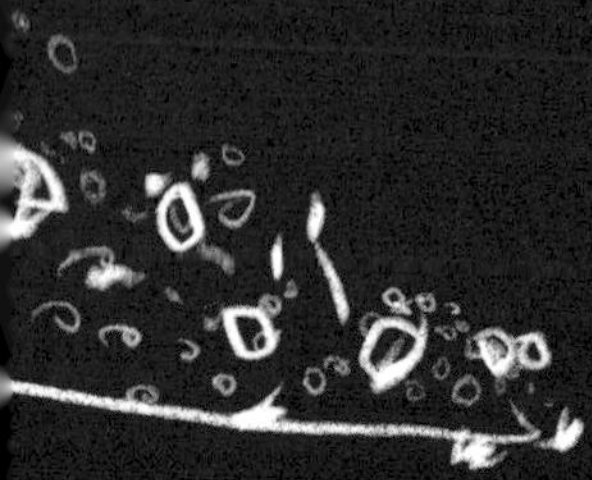

私はただ彼女たちのあとをついていっただけ
水《ムル》の詩を書く水の中の生と
身《モム》の詩を書くあらゆる水の外の生を
一息　また一息　記録してゆくだけ

나는 그저 그녀들을 뒤따를 뿐이다
물의 시를 쓰는 물속의 생과
몸의 시를 쓰는 모든 물 밖의 생을
한 홉 한 홉 기록해나갈 뿐이다

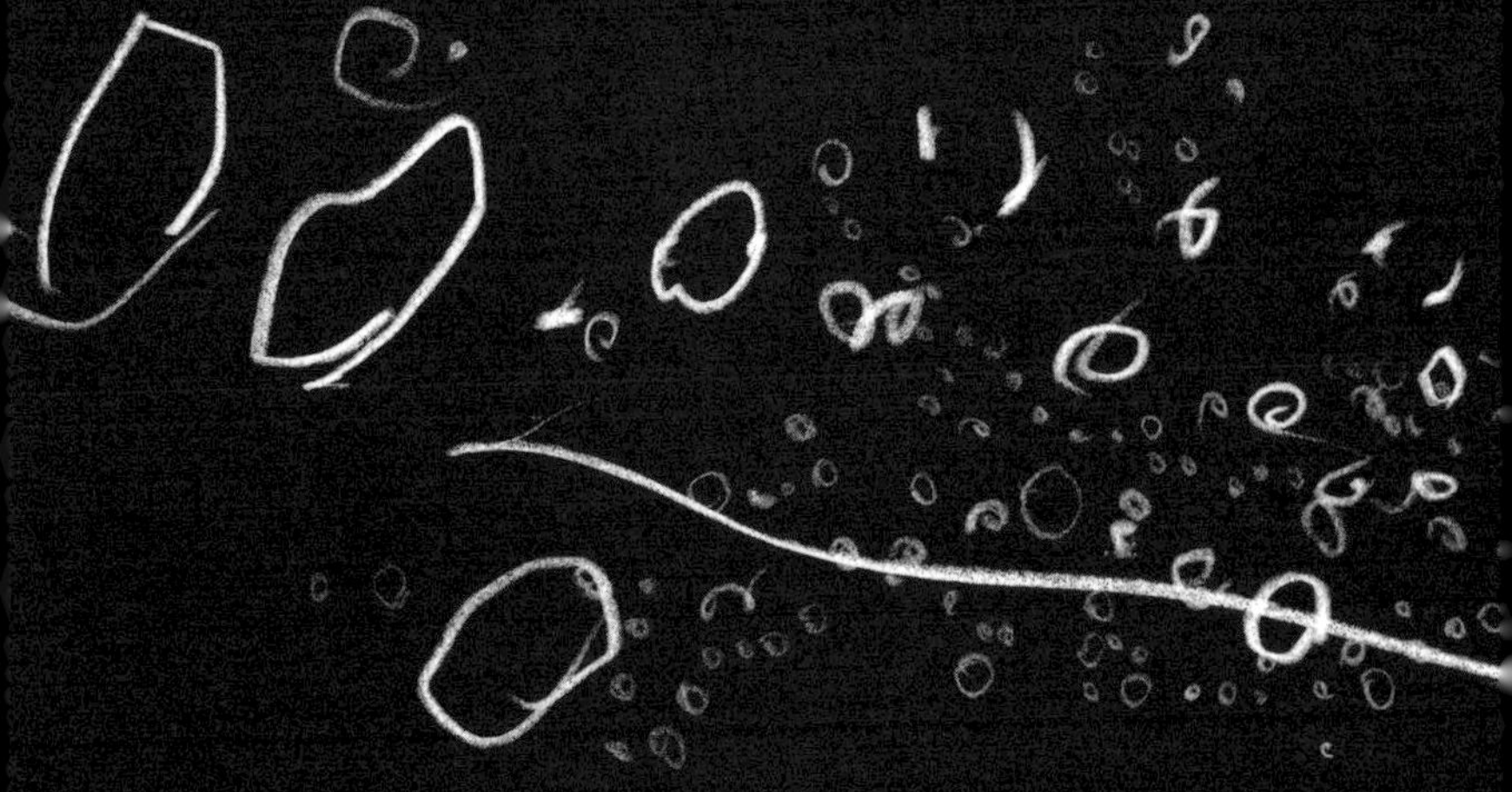

私の中で久しくあふれかえっていた声
吐く息も尽き果てるときに　はじける声
スムビソリ*（磯笛）
あの声を追いかけて　ここまで来た

내 안에 오래도록 꽉 차 있던 소리
숨이 팍 그차질 때 터지는 그 소리
숨비소리
그 소리를 따라 여기까지 왔다

もくじ

第一部　海女伝——生きた、愛した、闘った

第二部　声なき声の祈りの歌

地図には本書の詩作品に現れる地名を記している。これらは大韓民国・済州島の海女たちの移動の軌跡を表し、19世紀末以降、彼女らは済州の海のほかにも、朝鮮半島全土、さらに日本、中国、ロシアにまで海女漁などの生業を求めて旅をした。

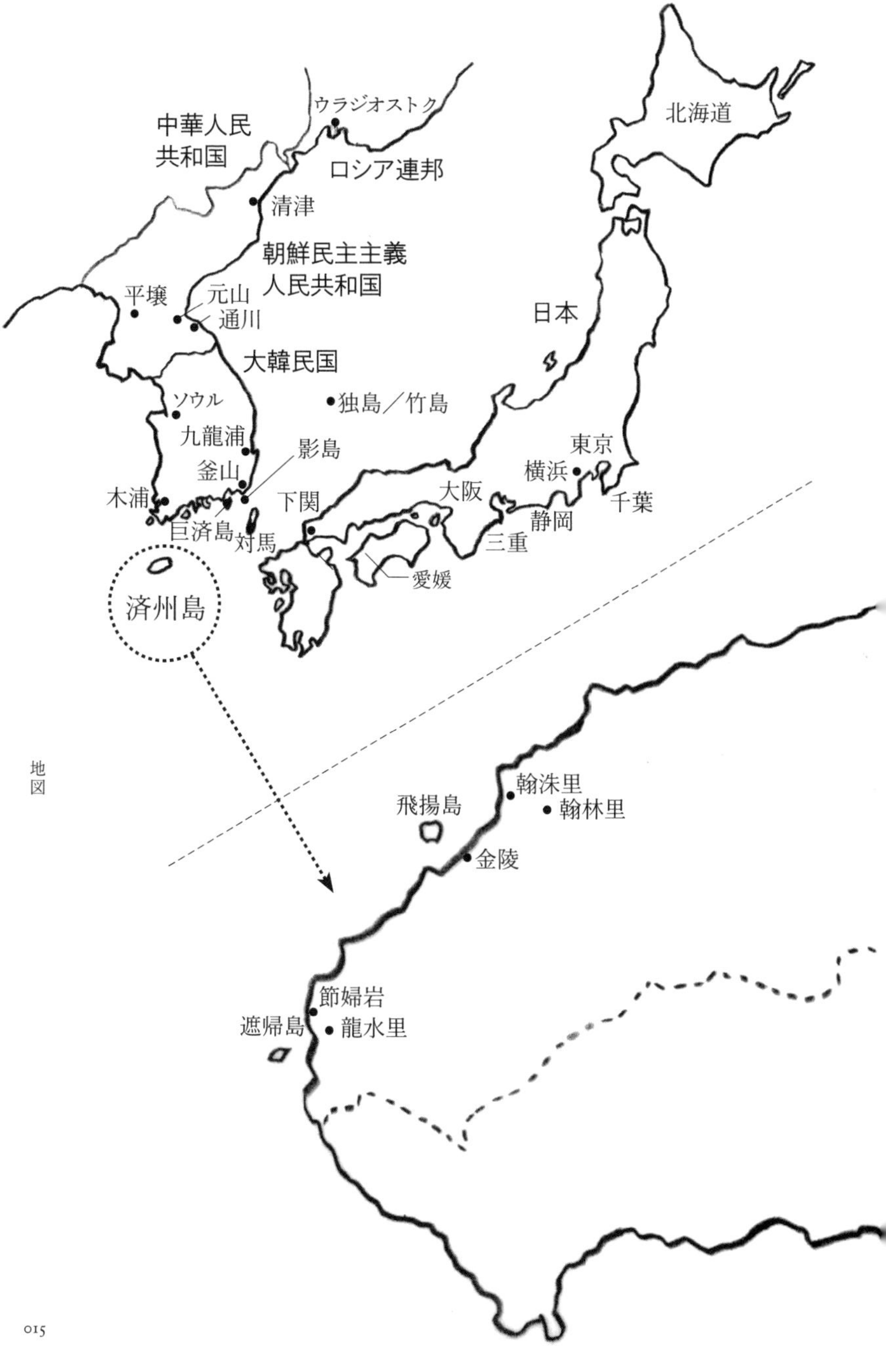
中華人民
共和国
ウラジオストク
ロシア連邦
北海道
清津
朝鮮民主主義
人民共和国
平壌
元山
通川
日本
大韓民国
ソウル
独島／竹島
九龍浦
影島
東京
横浜
釜山
大阪
千葉
木浦
下関
静岡
巨済島
対馬
三重
愛媛
済州島
輸洙里
飛揚島
輸林里
金陵
節婦岩
遮帰島
龍水里

インタビュー

韓国済州島の詩人ホ・ヨンソンへの十の質問

一　済州島のどのような土地で育ったのでしょうか？

私の幼い頃の済州島《チェジュド》はいまよりもずっと原初的な島の風景を持っていました。済州市で生まれましたが、幼年期と中学時代を西帰浦《ソギポ》で過ごしました。西帰浦はそれこそジェイムズ・ジョイスの『ダブリン市民』の雰囲気を思わせる、非常に独特で魅力的な街なのです。

韓国でもっとも温暖な南の島ではありますが、なにか憂いをはらんでもいて、海に落ちる滝があり、常に心を海へと向かわせる場所でもありました。

霧がかかる日には、孤立した島に閉じこめられているのではないかという妙な気持ちになったりしたものです。

二　子どもの頃や学生時代に好きだったことは何ですか？

漫画や童話が大好きな子どもでした。友達と演劇をしたり、詩やエッセイを朗読したりすることも好きでした。

三　好きな本について教えてください。

学生時代、とにかく何でも手に取る、というほどに文学にはまっていたのですが、それは珍しいことに、我が家が書店を営んでいたおかげだったでしょう。特にパブロ・ネルーダ『二十の愛の詩とひとつの絶望の歌』、ゲーテ『ファウスト』、ヴァージニア・ウルフの著作などが好きでした。

四 はじめて詩を書いたのはいつですか？

小学生の頃は童詩を書き、高校時代からは詩を書きました。幼い頃から漠然と文章というものを書いて生きていかなければならないと思っていました。小学校六年生のとき、ある日の夕暮れ時の学校の校庭で、空を赤い海のように染めていたなんとも言えない夕焼けに、持っていた通学カバンを落としてしまった経験、涙があふれでた経験が感性を目覚めさせたとでも言いましょうか。

五　大学での研究テーマを教えてください。

済州島は美しいけれど残酷な悲劇の歴史、済州四・三事件*が島全体にわだかまっています。「四・三」の中で何の抵抗力も持たない子どもたちがどのように犠牲になり、どのように生き残ったのかと思い、修士論文「済州四・三時の児童虐殺の研究」によって実態を明らかにしました。

六　大学卒業後、新聞記者を職業に選んだ理由は何だったのでしょう?

息をするように時代を感じ、若い日々を送ることができるもっとも胸躍る仕事だと思ったからです。

七　尊敬する文学者を教えてください。

韓国の作家玄基榮《ヒョンギヨン》、在日作家の金石範《キムソクポム》、在日詩人の金時鐘《キムシジョン》、中国の作家余華《ユイホア》、ベトナムの詩人タンタオなど、一時代を洞察力を持って描いている作家たち。

八　在日詩人の金時鐘先生とはどのような文学的交流があるのでしょうか？

金時鐘先生とは、一九九八年、先生が済州を去ってから四十九年ぶりに故郷を訪ねていらしたときにはじめてお会いしてインタビューし、以後、『光州詩片』などの多くの作品と出会って、胸が震えるほどに深い感動を覚えました。『光州詩片』の韓国語版出版記念会が光州《クァンジュ》で催されたとき、金時鐘先生は出席できず、私が代わって先生の詩を一篇朗読したことがあります。

九　詩人としてのモットー、座右の銘を教えてください。

文学は時代に対する応答であると考えています。いまという時代の苦痛から目をそらしてはならない、ということを大切にしています。

十　済州島でお気に入りの場所をひとつあげるとしたら?

済州島は島全体が美しいところです。森、道……、西帰浦と済州市の海岸道路などもよいのですが、人びとの暮らしが沁みついている村の道を歩くことが私は好きです。

日本の読者に手渡すささやかな息

それでも、人間は「スムビソリ*（磯笛）」を吐き出さなければならないということ。
息をこらえて生きてはいけないということ。
水に生きる海女たちの物語の中で
水を知らぬ生を生きている私をのぞきみることができないだろうかと思いました。
みずからを弱い存在であると思いこんでいる人びとに
限界を飛び越えてゆく彼女たちの勇気を

手渡すことができるかもしれないという思いもあるのです。
済州島《チェジュド》の海の海女たちのように日本の海女たちも水を生業《なりわい》の場としています。
済州島の海の女たちが遠い海で海女漁をしていた時代
日本の海女もそうであったように、愛する人びとのために水に入っていったのでしょう。
地球上において稀有で崇高なこの水の生業《なりわい》
その瞬間瞬間がどれほど凄まじいものであるか
私たちは知りません。

韓国のあちこちで
千葉で　大阪・生野　朝鮮市場で
彼女たちに会いました。

彼女たちは生を記憶しています。
どんな状況でも揺らぐことなく
水に飛びこんでいった海女たちのことを。

どんなに彼女たちの心を私の方にたぐりよせようとしても
それがどれほど表皮ばかりをなでているに過ぎないことなのかわか
っています。

翻訳が繊細で困難な再創造であるということを
今回知りました。何度も質問し
済州の海女の情緒とイメージをどれだけつかみとっているかを確認
する
困難な作業を、日本でふたりの翻訳者がとうとうやり遂げました。
この本の翻訳のために尽力した姜信子さん、趙倫子さんは

読み解きがたい詩的イメージに少しでも近づこうと
このいまだ言葉足らずの詩集の中の海女のことを少しでも感じようと
精魂を傾けました。
ふたりは台風前夜に済州に来て、台風が済州の海の中の中まで鋭く
かき回す光景を目の当たりにし、海女に会いにも行きました。

私は願っています。たとえ私たちを取り巻く日韓の風は冷たくとも
海は境界を越え、波は境界を乗り越えることを望んでいるのです。
済州の海を越え、日本列島の海峡を駆けめぐり
勇敢に水に生きた海女たちの精一杯の「スムビソリ（磯笛）」が日本
の読者たちにも伝わりますように。
済州の海の「スムビソリ（磯笛）」が皆さんの人生の海に鳴り響いて
絶望の瞬間には人生の希望と慰めになりますように。

私たちの周囲では、なにかと風が吹き荒れ、黒い海をかき乱します
が
その障壁を乗り越え
柔らかな心で歩み寄ることができると信じています。
もっとも低きところで、もっとも険しい水の詩を歌う海女たちは
私たちの人生そのものだからです。

海女たち

愛を抱かずしてどうして海に入られようか

序　海女たち

ただひたすらに内へと渦巻く　ピョルバン*の風
とうとう　梃子《てこ》みたいに　跳ねあがったんだ
とどろく稲妻みたいに　火がついたんだ
黒いチマ　白いチョゴリ
ホミ*（鎌）　ピッチャン*（磯ノミ）　手に手に取って　頭には鉢巻
茶碗のそば餅は　非常食
湧きあがる殺気　高まる波　ぐっと息をつめて
命をかけて闘った
不当じゃないか

怖くなんかあるもんか
細花《セファ》の市場はひっくりかえる
島の切り立った崖　切り裂く風が
カラスの頭を打つみたいに　ひっくりかえしてやったんだ

「海女の生き血を吸うな」
木浦《モッポ》から飛んできた赤い帽子　黒い鉢巻の特攻隊*め！
虚空に　パンパン　銃声が響く
ばらばらに散っては　捕まってしまう
「みんなぁ　絶対に離れないで！」
四列に腕を組んだら
張りつめた水も　はじけとんだんだ
あっという間に飛びかかる　犬どもの牙

赤い烙印　キツツキのくちばしのように　キリキリと
青い波を　ちりぢりに　引き裂いたんだ

キリキリ　腕の下にも　チマのすそにも
キリキリ　烙印　背中にも
あの路地　この路地　血眼《ちまなこ》の巡査たち
ごうごう　集中豪雨のように　湧いて出るから
とうとう　息を殺して生きてきたこの人生　はじめての波がどうっ
と立ちあがったんだ

第一部

海女伝

生きた、愛した、闘った

第一部訳者解説

姜信子

「海女抗日歌」一九三二年（作詞：康寛順《カングァンスン》　曲：東京行進曲）

われらは済州島《チェジュド》の哀れな海女よ
悲惨な暮らし　世の人ぞ知る
寒い日も　暑い日も　雨降る日にも

あの海に揉まれて苦しきわが身よ

朝は早くに家を出て　日暮れとともに帰りくる
幼な子に乳やりながら飯を炊く
一日　海に潜って　稼ぎは呆れるばかり
生きる不安に眠られぬ夜

春のはじめ　故郷にも親兄弟にも別れを告げて
家族の命の綱を背に負って
波高く激しいうねりの海を越え
機張《キジャン》　蔚山《ウルサン》　対馬に稼ぎにゆく

学なきわれら海女　行く先々で

やつらは搾取機関を設置して
われらの血と汗を搾り取る
哀れなわれら海女よ　どこにゆく

ほら、耳を澄ませて。聞こえるでしょうか。遠い歌声、島の彼方の遥かな調べ。

〝昔恋しい　銀座の柳〟からはじまって、恋の丸ビル、いきな浅草、小田急の新宿と弾んで歩いて、シネマ見ましょか、お茶のみましょか……と、これは昭和のはじめ、大日本帝国の帝都に花咲く恋の歌、「東京行進曲」ですね。

一九三二年のあの日、済州島でもまた、海女たちがこの歌のメロディに抵抗の言葉を乗せて、足並みそろえて、行進したのでした。

「海女抗日歌」。それは、植民地の果実を味わい尽くす帝都の軽やかな歌とはまるで真逆。命がけの海底《うなぞこ》の労働の末に手にした海の果実を植民者がたやすく奪ってゆくことへの、体の芯からの怒りに貫かれた歌です。波の下、水の底、この世のもっとも低きところを命のよりどころとして生きる者たちが抑えがたくも放った声です。海女たちは臆することなく「抗日闘争」を繰り広げ、「われらの要求に剣で応じるならば、われらは死をもって応じよう」と叫んだのでした。

そもそも海女たちは水の中ではつねに死と隣り合わせ。「仲間がいなければムルジル（海女漁）もできない」がゆえに、おのずと生き抜くための共同体を形作り、厳しい掟と強い絆で結ばれた者たちです。海女抗日闘争当時、海女たちは、なぜに自分たちが理不尽な状況に置かれているのかという問いを抱いて、島の青年知識人たちが開いた夜学で社会や歴史について学んでもいました。海女抗日闘争は、けっして突発的ではない、覚悟の闘いだったのです。

まずは旧左面下道里《クジャミョンハドリ》の海女たち三百余名が細花里《セファリ》の市場に結集して立ちあがり、そこに他の地域の海女たちが合流、さらに農民たちまでも加わったこの闘いでは、延べ一万七一三〇名が参加して二百三十八回にわたる集会が催されています。

海女抗日闘争は一九三〇年代最大の抗日闘争でした。それはいまに至るまで、韓国史上最大の漁民闘争でもあります。

なにより、女たちがその中心にいたという点において、実に希有な闘争でした。それは、風と石と女の多い島と言われる済州だからこそ、つまりは、風にさらされ石ころだらけで男は海に漁に出て命を落とす、そんな生き難さを抱えこんだ島の暮らしを支えているのは海女のような女たちの労働であったからこその闘争なのでした。

共に腕を組み、闘いの歌をうたう海女たちは、命の糧を求めて海を旅する者でもありました。

済州の海、城山日出峰《ソンサンイルチュルボン》をあとにして、チョラ、チョーラ、艪《ろ》を漕げ、さあ漕げ、所安島《ソアンド》、莞島《ワンド》、薪智島《シンギド》、金塘島《クムタンア》、羅老島《ナラド》、突山島《トルサンド》、南海島《ナメド》、巨済《コジェ》島《ド》、加徳島《カダクトンクッ》、そして海女たちの旅の拠点、釜山《プサン》沖、影島《ヨンド》にたどりつく、そこからさらに北上すれば、機張、蔚山、元山《ウォンサン》、大連、青島《チンタオ》、ウラジオストク、南に下れば日本列島、対馬、五島、天草、土佐、鹿児島、愛媛、伊勢志摩、静岡、三宅島、八丈島、千葉房総、下北半島、大阪築港……。

旅のはじまりは、大日本帝国が朝鮮をのみこもうとしていた頃のこと。済州の海の底を力まかせにさらう日本の漁業者に追われるようにして、資本と植民地の権力に結びついた者たちの思惑に翻弄されて、海女たちはあまりに近代的な旅を生きるようになるのです。

羊羹《ようかん》、ところてん、日本人の好物の原料のテングサを採るようになりました。極東の冷たい海ではコンブを取りました。戦争の時代には火薬の原料になるカジメを採ることを強いられました。

そもそも済州島自体が旅を生きる者たちの島でした。植民地時代、済州と大阪をつなぐ君が代丸（！）に乗って、職と糧と幸を求めて、島民の五人にひとりが日本へと渡ったのですから。

植民地からの解放後も旅は終わりません。一九四八年、南北分断に異を唱える声をあげたこの島は、南側の支配者に「アカ（共産主義者）」の島と名指されます。アカ狩りで少なくとも島民の九人にひとりが無残に殺されます。済州四・三事件。海女たちはますます深く遠く厳しく生きてゆきました。

言うまでもなく、海女のひとりひとりに名前があります。それぞれに厳しい水の生があり、それぞれの水の歌、旅の歌、愛の歌、闘いの歌がありますます。その歌を聴きとるためには、聴き手もまた水の耳を持たねばならぬことでしょう。水の耳が海女たちとともに歌う水の声を持ったとき、そこに詩が生まれることでしょう。
ここに、ひとりの詩人がいます。ホ・ヨンソン。詩人は、水を知らない者たちが歌う「東京行進曲」の遥か彼方から、海女たちの名、海女たちの歌、海女たちの物語を水の声で私たちに語りかけます。さあ、じっと耳を澄ませて。

第一部では、例外を除いて詩作品の背景にあるテーマを「海女闘争」「出稼ぎ・徴用」「済州四・三事件」「海女の人生」の四つに分類し、タイトルに付しています。

海女闘争

海女　キム・オンニョン　1

罪名は騒擾《そうじょう》だそうです
最後まで仲間の名前を明かしませんでした
誰のものでもない海に潜った罪
命を海にかけて生きる罪ならば
ありましょうが
さらに　罪と言うならば
アワビ　海藻　海のものに　ふさわしいお金をくださいと言った罪

悪徳商人を罷免しなさいと言った罪
海はわたしたちの畑、ホミ（鎌）を手に取り、ピッチャン（磯ノミ）を手に取った罪

石の島*に　外海から　植民の風がわがもの顔に吹き荒れたとき
罪なく罪人になった　二十二歳の少女会会長
ぎりぎりと腕を縛られ
夢もろとも　捕えられました

そのとき　悟ったのです
真っ暗な洞窟のような監獄に
囲いこまれた水は　ときには死そのものの拷問になるということ
わたしたちの血脈をすべて断ち切っても　わたしたちの愛を断ち切ることはできないということ

愛のない水は死だということ

耐えに耐えました　骨の髄に宿した水の力で
その年の冬から春まで
塩の花　氷の花　海ならぬ監獄の中で咲きました

ついに　生きのびて　咲かせた花　ひとつ

めらめら
燃えあがる花

海女闘争

海女　キム・オンニョン　2

ええ　一度同じ目にあってごらんなさい
やられなければ　わからない

指のあいだというあいだに四角いハンコを挟んで締めあげる
耳の付け根のくぼみを強く押す
腕をうしろにひねりあげる
背中をむきだしにさせて牛革の鞭で打ちのめす
それでもまだ足りないんだ
正座させた膝の裏に四角い薪を挟ませて

上から太ももを踏みつける
それでもまだまだ足りないんだよ
本当だよ　本当に
学校の長椅子に寝かせて　上から紐で机をくくりつける
髪をひっつかんで　鼻から水を注ぎこむ
ふんっ　好きなだけ注ぎこめばいい
水底《みなそこ》のアワビをひとつ　取るくらいのあいだだけ　ぐっと
こらえていればいいのさ

水の地獄にはとっくに慣れたわたしだよ
いつも海に潜るように　いつものように耐えれば　なんとかなる
耐えて耐えて最後に大きく息を吐いて　スムビソリ*（磯笛）を鳴らせば
おしまいだ

なのに　なのに　感覚も抉《えぐ》りとられて、魂も水に飲まれてしまったのか
体はもう　真っ青に膨れた魚のように　わなわな震えてね
拷問部屋を出て　たき火で体を温めるのも罪だと言われてね
バケツの水を浴びて　綿入れはぐっしょりと重かった
一週間　また一週間　拷問されたあの年

どうしても海のへその緒を断ち切れなかった
島の女たち
懲役を生き抜いた女たち

キム・オンニョン（一九〇七～二〇〇五年）は植民地時代、日本による海産物の搾取に立ち向かった海女抗日闘争（一九三一年六月～一九三二年一月）の主謀者のひとりとして、六か月の獄中生活を送った。

出稼ぎ・徴用

海女　コ・チャドン

美しい砂　明沙十里《ミョンサシムニ》　いまも憶えているよ　元山《ウォンサン》★の海に潜ったあの頃
ハマナスみたいな笑顔の春花《チュナ》姉さんと
昼は海、夜は元山館の夜学に通ったよね

寝ても覚めても確かな未来なんかどこにもなかった
毎日細花《セファ》の市場に集まっては　みんなで叫んだみたいに
故郷の海に潜ったみたいに
テングサを採って　日銭を稼いだ　済州《チェジュ》の海女

前の家も裏の家もわいわいと海女たちの声
凍えた体を抉《えぐ》る　鋭い刃先のような　元山の波の音
故郷からは早く帰れと　数十通の電報

十八歳の花嫁だった
思想で死んだ夫のために
日本留学　学費調達　海に潜って　きっちりやってのけたものさ

八歳ではじめて海に潜って　十四で江原道《カンウォンド》　通川《トンチョン》*の海
流れる歳月はひらひらと　海に溶けてめぐっていく
朝鮮八道*　反物を売って　小間物を売って　大阪では絹を売って
ポッタリ（風呂敷包み）ひとつで　あちこちぐるぐる
死にそうになったりよみがえったり　生きてきましたコ・チャドン社長

いまではソウル空港洞《コンハンドン》で
白髪のおかっぱ頭が　たそがれて
今日も　相も変わらず　あの頃のように
ざぶりざぶり　水の音を響かせている

コ・チャドン（本名コ・スニョ、一九一五〜？年）は海女抗日闘争に参加した核心人物のうちのひとり。闘争の主役たちだったプ・チュナ（一九〇八〜一九九五年）、キム・オンニョンとともに釜山《プサン》国際市場で出会い、商いをしていた。

出稼ぎ・徴用

海女　チョン・ビョンチュン

北村《ブクチョン》を過ぎて東福里《トンボンニ》★　四・三追慕碑に見つけた
東京　新大久保　路地の入口の小さな部屋の
照りつける日差しの中で出会った
彼女の名前
寄付金　五百万ウォンと刻まれていた
「在日同胞　チョン・ビョンチュン」

幼くして　片目を失くした海鳥だったんだよ
十六で黒い海を渡ってね

対馬で海に潜って　そのうえさらに
東京の真ん中　日本の監獄
三十回　四十回ではきかないくらい
出入りして

最後まで揺らがなかったよ
揺すぶられても　揺れるだけ
決して倒れはしなかった

片目で世の中を見尽くして
片目で嵐の海を渡ったんだ

その名は
春子

また の 名 を
海女 チョン・ビョンチュン

チョン・ビョンチュンはドキュメンタリー映画『ＨＡＲＵＫＯ』（野澤和之監督、二〇〇四年）の主人公。二〇一九年四月三日、百余歳で逝去。

海女　トクファ

しっかり　もっとしっかり　陽にかんかんさらして
すっかり乾いて　かたくなって
針一本とおさないようにしなくちゃな
赤ん坊の世話をするようなもんだ　テワク（浮き）はそうやって大切に
扱わなくちゃな
ひょうたんの中をがりがりかきだして　穴をあけて
いっぱい取った松ヤニを　ねばねば塗りつけろよ
割れたら　また塗りなおすんだ
最初に　ちゃんと塗りつけておくのが常識というものだがね

父さんが言ったもんだよ
人生なんてそんなものさ
常識のない世の中には気をつけなくちゃいかん
さもないと　トクファよ　水に飲まれて沈んじまう

ごくり

どこからか不意に降ってくる父さんの言葉
涙も水も　入りこむ隙のないようにしなくちゃな
ころんでも割れない　ひょうたんの浮きのようにな
さもないと　トクファよ　沈んじまう

ごくり

海女

クォン・ヨン

憶えている　黒く光る海に身を投じた母を
いつも喉の奥を通り過ぎた最後の息を
ふり絞って吐き出しては　また海に消えた母を
待つうちに暮れてゆく　西帰浦《ソギポ》の渓谷　セソカク＊　ソグムマク＊（塩焼き
浜）で　白いテワク（浮き）が見えなくなるまで
呪文を唱えた　海よ、種をまいておくれ
種をまいておくれ＊

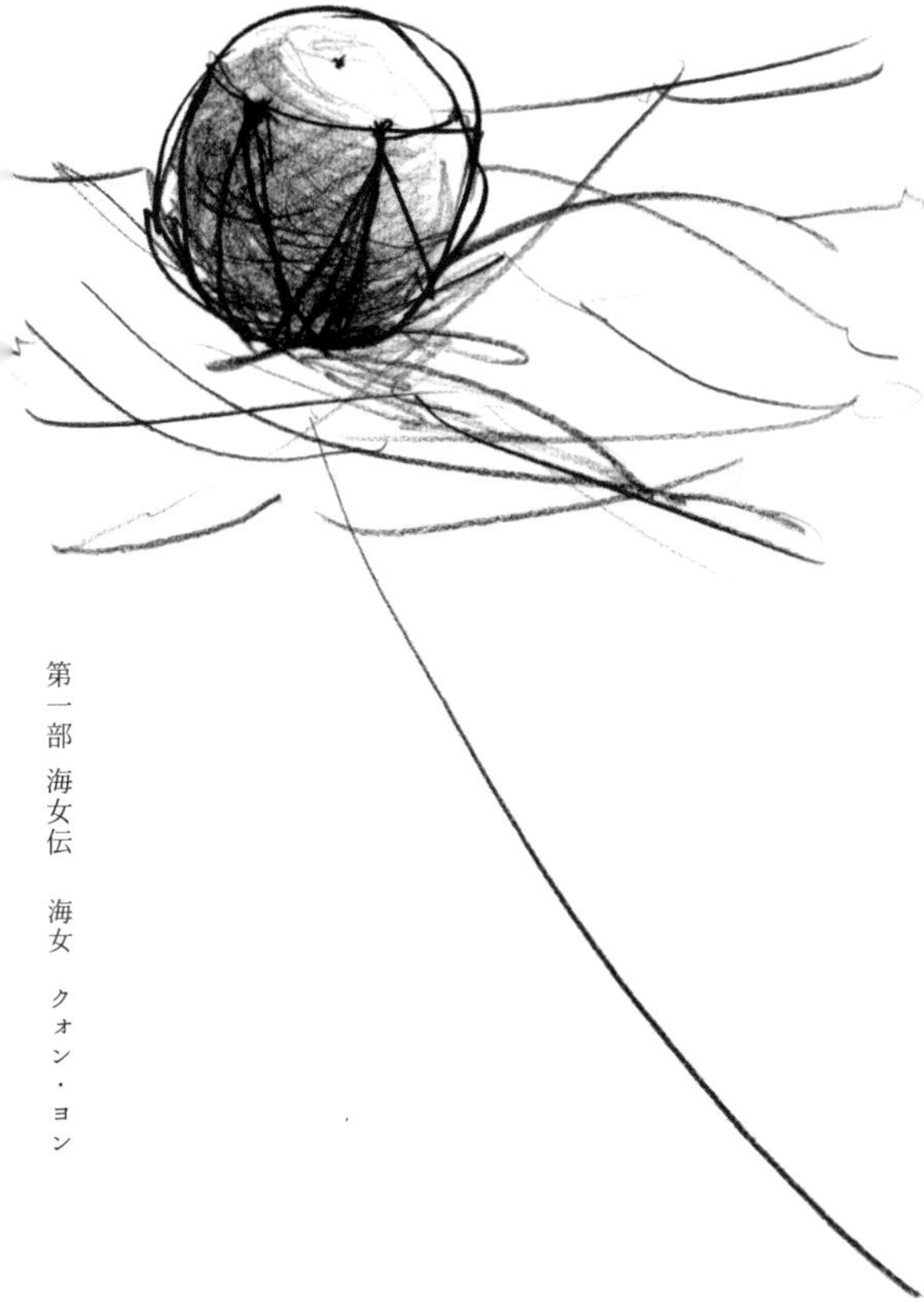

春が来れば　肋骨もしっかりして
夏が来れば　背骨が丈夫になって
秋には　ふくふくと丸い顔をして
おかあさんの潜っているところに行けますように

太平洋の潮風に灼けた顔
母が夕暮れの海を引き連れて
ようやく歩いて上がってくる頃だろう

夕陽が海にじりじり沈む
待たずとも水平線を揺らしていた音は
いまはもう聞こえない

待っていた　ソグムマク（塩焼き浜）で
火をおこして*　その火は
じきに母の凍える体を溶かしてくれるだろう
引き潮とともに海に入った母は　ついに
上げ潮とともに息を吐き出し　上がってくる

憶えている
やがて頭に巻いた濡れ手ぬぐいから飛び出した
髪の毛は　すでに嵐をくぐりぬけて上がってきた証
肌は四方八方から吹きつける水しぶきに耐えつづけてきた
何とも言いようのない色を帯びていた

海から上がってきた母は
命のひとかけらをすくいあげた者の
神々しい奇跡のような
丸い微笑みを浮かべていた

濡れた足のあいだから　黒い塩の砂が出てきた
母の大きな網には

僕の未来が込められていた
いまでも母のあの聖なる場所に　変わりはないだろうか
いまでは帰ることのできない故郷のソグムマク（塩焼き浜）

憶えていますか
あの冬　たき火場に座って　待っていた幼い息子を
東京　荒川区
白髪の息子の部屋で
潜水服を脱いで　モノクロで笑っている
写真の中の　僕の母

権勢のクォン（権）　燕のヨン（燕）

済州四・三事件

海女　ヤン・グムニョ

父の声は笛の音
風が吹けば風の
波が立てば波の
音色を奏でました

金寧《キムニョン》の海に風が吹けば　その笛の音は
北村《プクチョン》の海を泣かせました*
音に包まれて　草取りをしている寡婦たちは
ふーっ、ゆっくりと安らかな息を吐きました

胸のつかえが下りていきました

愛しい愛しい娘たち　五歳になったら
父は娘を膝に座らせて
膝を叩いて　民謡や野辺送りの歌を教えました
聞いたそばからすらすら歌う末っ子
十五で仮設劇場の舞台に上がり
「行く春来る春*」の歌さながらに　歌って憂いを晴らしたのです

あの冬、笛の音が風のように吹き
荒れ渡る海に遥かな道を開きました
雪はしんしんと降り
降ってはちりぢりとなる　岩場の隙間へ
あの冬　死者たちの体を隠して歩いた　若い父

十六で海女になり　野辺送りを歌うとき
大きな心を持ちなさい
海ほどの心なくして
どうして歌で弔いができようか

父の教えに従いました
死者たちの霊魂を慰め　生きている人びとが幸福に恵まれるよう
父の歌の道を歩いてゆきます

束福里《トンボンニ》のソリクン（歌うたい）の家の入口
生い茂る浅緑のエノキの木にも
父のなつかしい笛の音がいまも流れています

海では相変わらず
父の笛の音
その音にいまも
ゆっくりとそっと　凍えた心を癒す
寡婦たちのスムビソリ*（磯笛）があります

出稼ぎ・徴用

海女　ヤン・ウィホン　1

これこれ、どこ行くの？
おかあちゃんのこの枯れた乳房を見てごらん
一晩中
夢に出てきたよ
裸足で雪の積もった原っぱを駆けてきた黒い学生服
おまえの顔が見えたよ

どこ行くの？

また春になったら　行ってあげる
服を持って
駆けつけてあげる　平壌《ピョンヤン》まで

誰もいない家
大阪　生野区　朝鮮市場の路地　目がかすむ
とんどんかすんでいく
ねえ、どこに行くの？

遠く離れて三重の海で潜っていた　四十の頃、あの頃のように
いまもそこでそのまま待っていなさい

出稼ぎ・徴用

海女　ヤン・ウィホン　2

あたしの体を流れているのは済州《チェジュ》　コルマク*の小さな海
あたしの体を濡らしているのは愛媛、対馬でからみついた塩
荒々しい悲しみも塩の水に洗われて
古傷になった
石の穴　ゆらゆらと
揺れる海　海草の森　岩の隙間に棲みつくタコの子
年老いたナマコもサザエもアワビもなつかしいワカメも
みんなあたしの体の中にある　あたしの耳はいまもあの波の音で家をつくっている

お願いだよ　娘や
早く来ておくれ　濁った網膜で　一間の家で　うんうんと
横たわっているあたしの水眼鏡*を持ってきて
その横にある白い潜水服も忘れずに持ってきて
今日も　遠い海に行かなければ

海女のヤンさん、大阪のひっそりとした病棟に横たわって
今日も　どうか　お願い
どうか　あたしをもう一度立ちあがらせて
生涯を流れた
あの海
いまも体に流れている
海に潜って八十年　あの真っ青な海の声

あたしの体を流れている
どうか　お願いだよ

突然の国際電話、ヤンさんの声
私は心やすく彼女の部屋に入ることができない
私の体の中には何があるのだろう
私の目が探っているのはどこだろう

ヤン・ウィホンは、ドキュメンタリー『海女のリャンさん』（原村政樹監督、二〇〇四年）の主人公。済州市東福里《トンボンニ》出身。済州四・三事件の頃日本に渡り、三人の息子は日本から朝鮮民主主義人民共和国へ渡った。大阪市生野区で暮らしていたが、二〇一五年に逝去。なおヤン＝梁は、朝鮮人の姓のひとつ。韓国ではヤンと発音、表記される。共和国ではリャンと発音、表記される。したがって、ヤン・ウィホンさんと「海女のリャンさん」は同じ人物を指す。

出稼ぎ・徴用

海女　ホン・ソンナン　1

幼い頃からひとり黙々
年老いてもひとり黙々
それがスムビジル（海女漁）なのさ

雨の降る海もひっそり黙々
燦々と降りそそぐ日差しに体をほぐす真昼もひっそり黙々
だから歌うのさ
煙草をくゆらすようにスムビジル（海女漁）をするのさ

霧の向こう　恋しいあなたに
まとまりのつかない手紙を書くように
水のようにぐるぐる繰り返し歌うのさ

弓のように背中の曲がったわたしひとりの住まい
海女一筋で生きてきた　思い出すのは　故郷の藁屋根の向こうにある
記憶の背筋
その上を流れる済州《チェジュ》海峡の波の音
岩場に茂るテングサのように　根を下ろして
横浜　そこがはじまりなのさ

解放*を迎えて
新しい春の草が芽生え
故郷に行く船の汽笛は

数かぎりなく　響き渡った

わたしは相変わらずお国なまりで　押し寄せてくる海に向かって扉を開いたんだ
目の前の海にカニの甲羅のようにしがみついて生きてきたんだ
ひとり黙々とカニの歩みで

北を向いた窓辺でも
南を向いた窓辺でも　たったひとり
だから　歌うのさ
孝行するすべもないまま　三十年ぶりの故郷へのバスで
マイクを握って歌ったよ

あの島この島
くねくねと　島をまわってきたけれど
くねくねと　ひとり黙々と　そうやって生きてきた

千葉の海　わたしひとり
ひっそりと
齢《よわい》　九十

出稼ぎ・徴用

海女　ホン・ソンナン　2

わたしの体には水のうろこがある
わたしの体には消えた道がある
探してごらん　ザリガニ岩のように縮こまったこの体を

日を開けると静岡
ほんの二十歳で済州《チェジュ》海峡を越えた徴用海女
ヒュルヒュル　空襲の大阪の真ん中で結婚式をあげて
ざぶりざぶり　あの海のはずれで潜って暮らしたのさ

人の気も知らずに　煌々《こうこう》と明るい月が故郷を思い出させる夜も
まだ青い海藻たちがわたしを引き寄せてくれた
知りました
わたしの裸足は砂だらけ
深い涙は深い闇に閉じこめなければ
楽にはなれないことを
寄せてくる闇の満ち潮はすべてわたしのもの
この闇に押し流されてはいけないよ
こっちへおいで
わたしの人生の上に押し寄せてこい
思いもよらず　たどり着いた道

もうすっかり薄くなってしまった
わたしの指紋たち
人生の終わりに
わたしの故郷　金陵《クムヌン》の海　頭の上をぐるぐるまわるカモメの群れ
遠い海　千万枚の葉っぱとなってはためく
夢の中でも吹雪のように舞い散る　故郷の藁屋根
わたしの庭　千葉の海を　にぎやかな波が
ときによそよそしいそぶりで　港を濡らすとき
ずきずき　膝のうめき声が聞こえる

知りました
人生は海から引き揚げてくるものなのだと
わたしの人生は
海のむこう山のうしろに潜んだ嵐のようなもの

耐えられるだけ耐えるより　どうしようもない
年老いた膝に日本製の湿布を一枚貼って
骨という骨がぎしぎし言っても
水の中までよどんでいた日々ほどのことはないさ

手を振ったときにはもう遅すぎて　船の汽笛はあまりに遠く　息も続かず
同い年のおばあさん海女　アワビひとつに　息絶えた
一度水に葬られた命は
二度と帰らない

一緒に埋めておくれ
「おかえり」の声もない母の墓のそばに
わたしの歌の一節を
一緒に嵐のように　埋めてきたあの日々も

海女の人生

海女　ムン・ギョンス

ウンシルや
怖いかい？
クンデファン*（君が代丸）ぐらいやればいいさ
あの巨大なクンデファン（君が代丸）のあとについていきな
下道里《ハドリ》の先輩海女　ムン・ギョンス
あだ名はクンデファン（君が代丸）
胸も下半身も力強かったよねぇ

野性の胸の上で
族長のように　ワカメの茎を
片手で振り回したら
海の部族がゆらゆらひれ伏したものだ
海のお守りをひとつずつ抱いて
みんなが彼女のあとをついていったのさ

済州四・三事件

海女　カン・アンジャ

あの冬　雷鳴轟く海峡を渡った
眠っちゃだめ
けっして怖がっちゃだめ

軍人にゆで卵をこしらえてやり　命拾いしたおばあさんが
羅針盤のない小さな漁船にわたしを乗せたんだよ
寄港地も方向も見失ったくちばしのように
舳先は感覚をなくしてぐるぐると
めぐりめぐって戻ってきた　釜山《プサン》港

三十日後　ふたたび密航*の夜
ずたずたに引き裂かれんばかりに黒い対馬
あちらに揺れこちらに揺れ　錨綱《いかりづな》ひとつを頼りに
浮いては沈み　沈んでは浮く命
凄まじい勢いで飛びかかってくる激しい雷鳴　水しぶき
わなわなと心臓も飛び出してしまいそうだったよ
ぎゅっと巻き付けた命綱をおろしたそこは　また釜山港

闇にどっぷり浸かった荷台に腰かけ　凍えた耳を塞いだ瞬間
胸の谷間　息を潜めていた水滴たちが　こみあげてきたんだ
何だったのだろう
消えないあの年　あの日の
故郷の海に落ちたものは

あの冬
雷鳴轟く済州《チェジュ》海峡を渡ったんだ
死んだ叔父の眼差しを　しきりに感じて
流れるままに命をあずけた夜
ハマヒルガオのように身を潜めてその日を待っていたんだ

石の中の風
水の上の風にも
記録されない種が
涙になってこぼれ落ち　ふたたび花になって咲く日まで
耐え抜いて
生き抜いてみせる

出稼ぎ・徴用

海女　キム・スンドク

必死になって　たどり着きたい
イソギンチャクのようにクラゲのように
くっついて
おまえに　故郷に　たどり着きたい

きらきらと銀色に縁どられた
水眼鏡ひとつつけて
たどり着きたい　そして
わたしの歌をうたいたい

済州《チェジュ》の海に濡れる夜
ハマゴウの幼い芽　ひとつ　またひとつ
口に入れては　ピリリと香りの舞い散る夜
異郷の海　朝な夕な　傷つきただれた
膝をさする夜

必死になってたどり着きたい　水草になって
おまえにたどり着きたい

清津《チョンジン》から中国まで流されてきた　わたし
島のようにおおらかに　受け入れてくれた　夫《あなた》
リメのように夢の中を泳いでみれば　見える
故郷の海　水を蹴って飛びあがる青い夢を見るんだ

海は一瞬　砂漠になって　そのときはじめて
水の歌が聞こえるんだ

みぞれ流れる城山《ソンサン》*の海
あの音は本当にしつこく眠りを破るんだ
どうしろというのさ
帰れないものを
ふつふつとこみあげる悲しみも
蟹のように塩漬けにされてしまえばそれまで
二度とそうはなるまいと思っても　人生は
そうなるしかないものを

夜ごと　わたしの水気のない
齢《よわい》九十の目に焼きついた

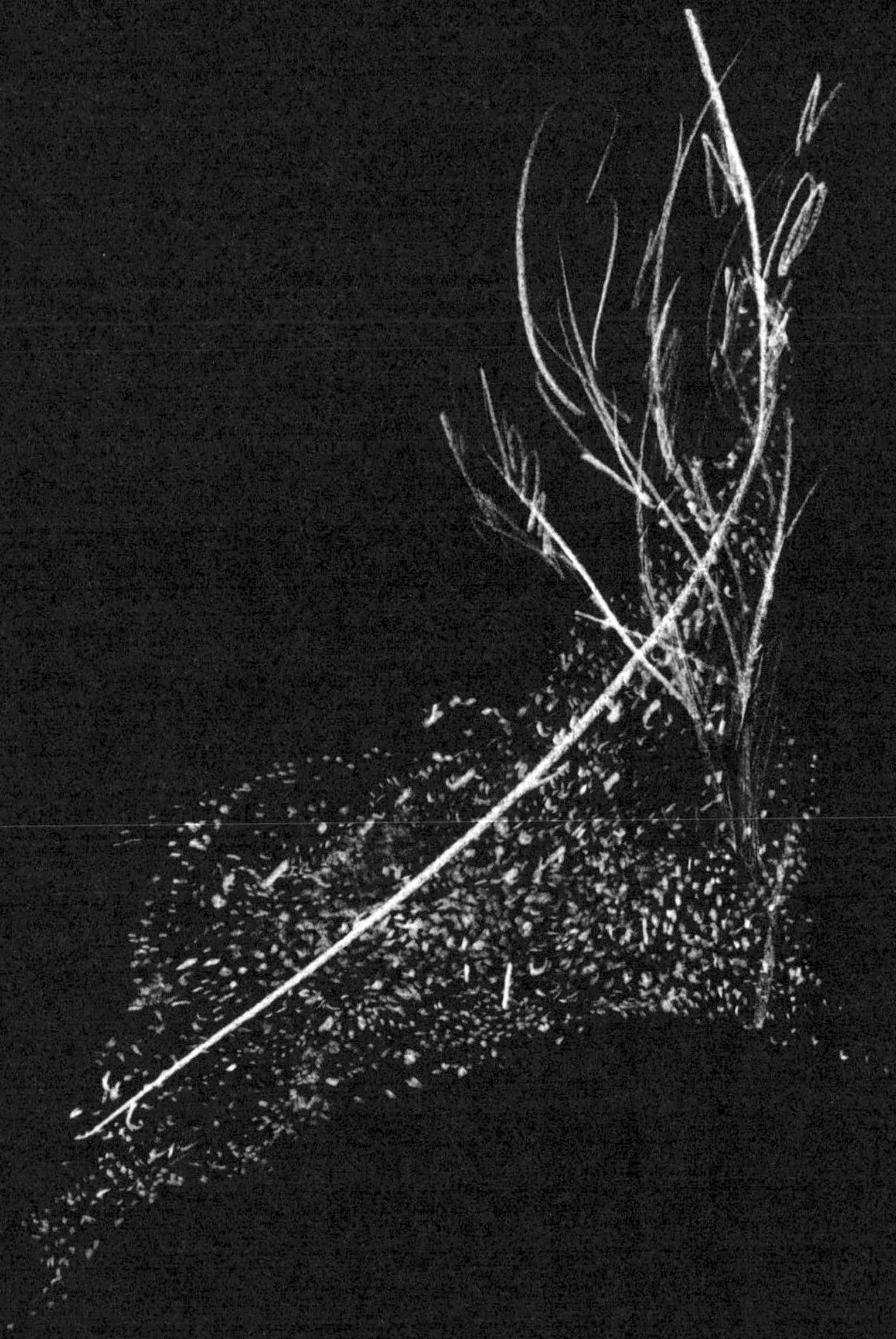

あの海、あの水音がやってくる
あふれる音　そして
おまえはわたしだけのこの歌を聞いておくれ

海女の人生

海女　ヒョン・ドクソン

雨の降る日は必ず　骨という骨が
海にまっさかさまに落ちていくという

子を産んで二日目に
海に入った女
そのせいで　骨という骨が　ぼろぼろに
十一歳ではじめて水に入った
幼い海女だった

岩場に幼子を寝かせておいて
木綿の海女衣で　どんどん潜る
骨も　腰も
関節という関節がばらばらと水平線に浮かぶようだ
ホンダワラ　わらわらとたっぷり押し寄せてくる　朝六時から七時
海を相続したのさ

北村里《ブクチョンニ》最高齢の上軍海女*　ヒョン・ドクソン
海に潜って
畑を十枚　買ったひと

北村の近海　タリョ島へ　木船に揺られ
どんぶらこ　向かうとき
おばあさんがこう言ったそうな

「海は資本のいらない土地、潜りさえすれば食べていけるよ」

十二か月海藻を採って生きる海で
おかあさんがこうも言ったものだ
「誰もいない夜明けの海に行かないと食べていけないよ」

海で歌う弔いの歌は
文字のかわりに
潜って歌う

出稼ぎ・徴用

海女　マルソニ

石の下から上がろうとして
釜山《プサン》の海で　罠にかかって死んだマルソニ

鉛や石の多い
海では気をつけなさい

イルカに遭ったら
息を止めて　船の下へ隠れなさいと叫んだものだ

押し寄せてくるイルカたち　あっという間に
船はひっくりかえる

船の下というのは　姑の教え
わたしたちみんなの命のよりどころだった
船の下へ　船の下へ！　そのたびに
罠にかかって出てこられない

あの子
海女　マルソニを思い出す
ひとしきり鋭い風の切っ先が
吹き抜けるときには

どこかで息を忘れ

仲間が海で命を落としそうなときには
船の下へ　船の下へ

出稼ぎ・徴用

海女　パク・オンナン

薄暗くなるまで　海に潜って　戻った
夜更け
星がきらきら
女が六人きらきら
麦飯を入れた器を囲んで座れば

ゆらゆら　細く揺れるロウソクがひとつ
独島《トクト》★の海を照らし
ご飯を食べては
ごろごろ
星をひとつずつ抱いては
ごろごろ

海女の人生

海女

コ・イノ

すべての曲がりくねったものたちが
曲がりくねりながら　わたしのところへやってきたんだよ
曲がらないでやってくる希望なんて　あるのかねぇ
骨の髄に刻まれた傷に触れずに　跳ねあがることなどできるのかねぇ

わたしがいなくなって
あなたがいなくなって
とうとう粉々になって
あの海へとたどり着けば

とがった目でにらみつける魚が見える
わたしの手のひらよりも大きなオスのアワビが見える
松明《たいまつ》でタコを誘い出そうとする
わたしの母の母が見える
退屈して地上に遊びに来た星たちが見える

わたしが海を引いていくのか
海がわたしを引いていくのか
谷を這いあがるようだ
水の中のように　氷のように　耐えてこそ見える世界だ
水の中　痛みに疼く骨を鎮めて鎮めてついに見えるのさ
そこは生きるか死ぬかの世界
海原へと出ていくんだ

若いわたしの海は
押し寄せたり倒れこんだり相変わらずだ
わたしは海の女王の娘
今日もわたしは深く深く潜る

ときにはあの悲しみの骨をねじ伏せていこうか
何もなかったかのように
ピンクのナマコ　ひとつ取ったなら　もう何も考えはしない

水の中では鷹の目、十五メートル　モリでその瞬間にひと突き
イルカの出没には身も凍って
南無観世音菩薩
ひたすら唱えるばかり

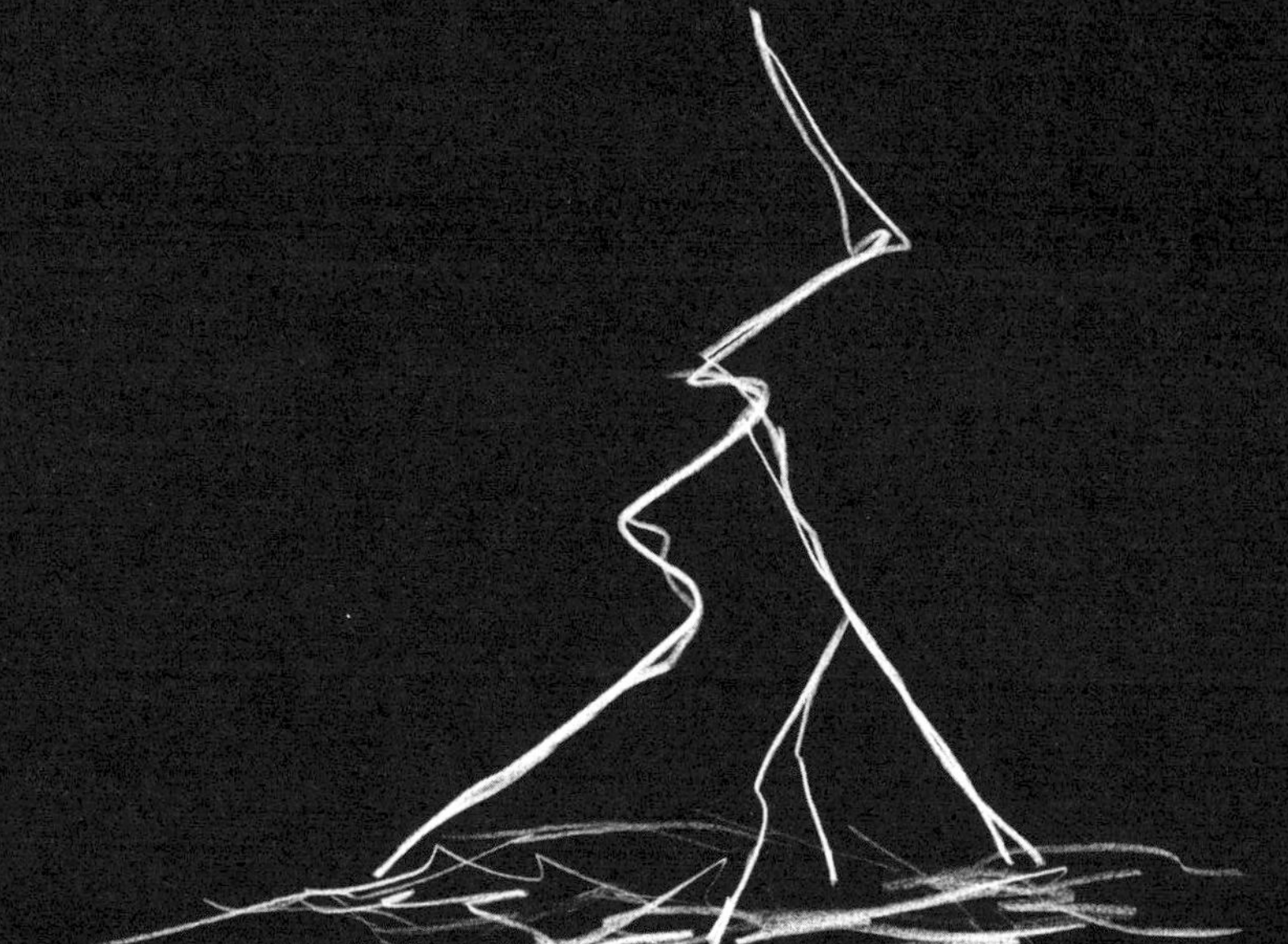

海の果てを見たことがあるかい
二十メートルからは　絶壁が見える
息も果てる、水の壁

さあ、絶対に息を止めてはいけないよ
水の中は怖いという娘にそう言ったんだ
母がそう言っていたようにね
潜ることを覚えたら　長生きするんだってね

十三歳で海という学校に入り
海という曠野を駆けめぐったのさ
「ほーっ」
勢いよく息を吐いて
きらめく九十歳

出稼ぎ・徴用

海女　キム・テメ

潜って稼いだお金は歌で返した
歌うときは母の声が
海に潜るときは母の教えが浮かんでくるよ
歌うたいが欲を出してはいけない
海のものにも欲を出してはいけないよ
どんなに欲を出しても短い人生

お金を稼いでも他人を思いやりなさい

四・三*の灰をかぶった島を去って
持てるものはすべて分け与えたマンドクおばあさん*の座っていた健入《コニプ》
洞《トン》の六十年
占いランタンを前において　マンゴンソリ（済州民謡のひとつ）を歌う

母さんは水
海でも師匠
乾いた陸でも師匠
歌は腹の底から湧き出てくるものだよ

ほんの二十歳で　ワカメ漁
牡丹《モラン》峰《ボン》を済州民謡でふた周り

絹のチョゴリにひらひら揺れるチマで　稼いだ
マンゴン　タンゴン*を紡ぐように　歌を聞かせて回った

水がめで　拍子をとって歌ったよ
母さんが歌えばわたしが応えた
海女の仕事も歌も　いちばんだった
母　イ・セイン（李世仁）
わたし　その跡を継ぐ者

母さんはこう言ったんだよ
人にやらせてはいけない
上を見ないで下を見なさい
欲しいものは自分のものにしないこと
自分が欲しいものは他人も惜しいものだ

おまえは海のようになりなさい
歌って潜って朝鮮八道を泣かせたんだよ
海女で稼いだ金は歌で返した

出稼ぎ・徴用

海女　コ・テヨン

マラリアでこの世を去った父
真っ暗な島
三歳の孤児だった

十七歳で　済州《チェジュ》海峡をすいすい渡る上軍海女*
「学のない海女よ　どこへ行く*」
四番まですらすら歌っていたあの頃

対馬をまわり

下関

遠い海を旅してきたよ

ぴちぴち若いメカブ　サザエ　アワビ
水の中の世界はうちの庭
春三月の絹のように美しい海を渡って　旧盆までざぶんざぶん
海に潜った　ざぶんざぶん　勉強よりも簡単だったね

十四歳　はじめての学校は恥ずかしくて
校門をとうとうくぐれなくて
ひらがなを習って二年過ぎたら解放*だったよ
陸の上でも拾った文字
水の底でも拾った文字

拾った文字なんですよ
雨の一粒くらいならば　帆掛け船に乗って
城山《ソンサン》まで　海を背負って　何度も潜る
きつい風がごうごう渦巻く　島のような女
ポンポン　折よく響く汽笛の音に　あわせて　徐々に
息を休める　夕方六時
海の水が　ゆらゆらと庭まで寄せる　鉄釜のふた
古びた甕《かめ》に　歳月を宿した
湯気

海女　メオギ

待っていなさい
いまも道に迷ってさまよう子どもたちよ
家に帰る道を見失った青い草の実たちよ
わたしが潜って　おまえたちの息を取り戻してやろう
道を開いてやろう
どれほど凍えたことか
海の果てまで息をこらえたわたしにはわかる

どれほど恐ろしかったことか
孟骨水道《メンゴル》＊をぐんぐん真っ逆さまに落ちていく波に身を濡らした
わたしにわからぬわけがない

ますます深く息の道を降りていった者がいることなど　誰が知る
身も裂けて、裂けた身が泣く、その声を　誰が知る

水の下で
水の上で
破片のように砕ける
地の果てまでも　天までも　突き抜けるような声を　誰が知る

血迷った波がうねる

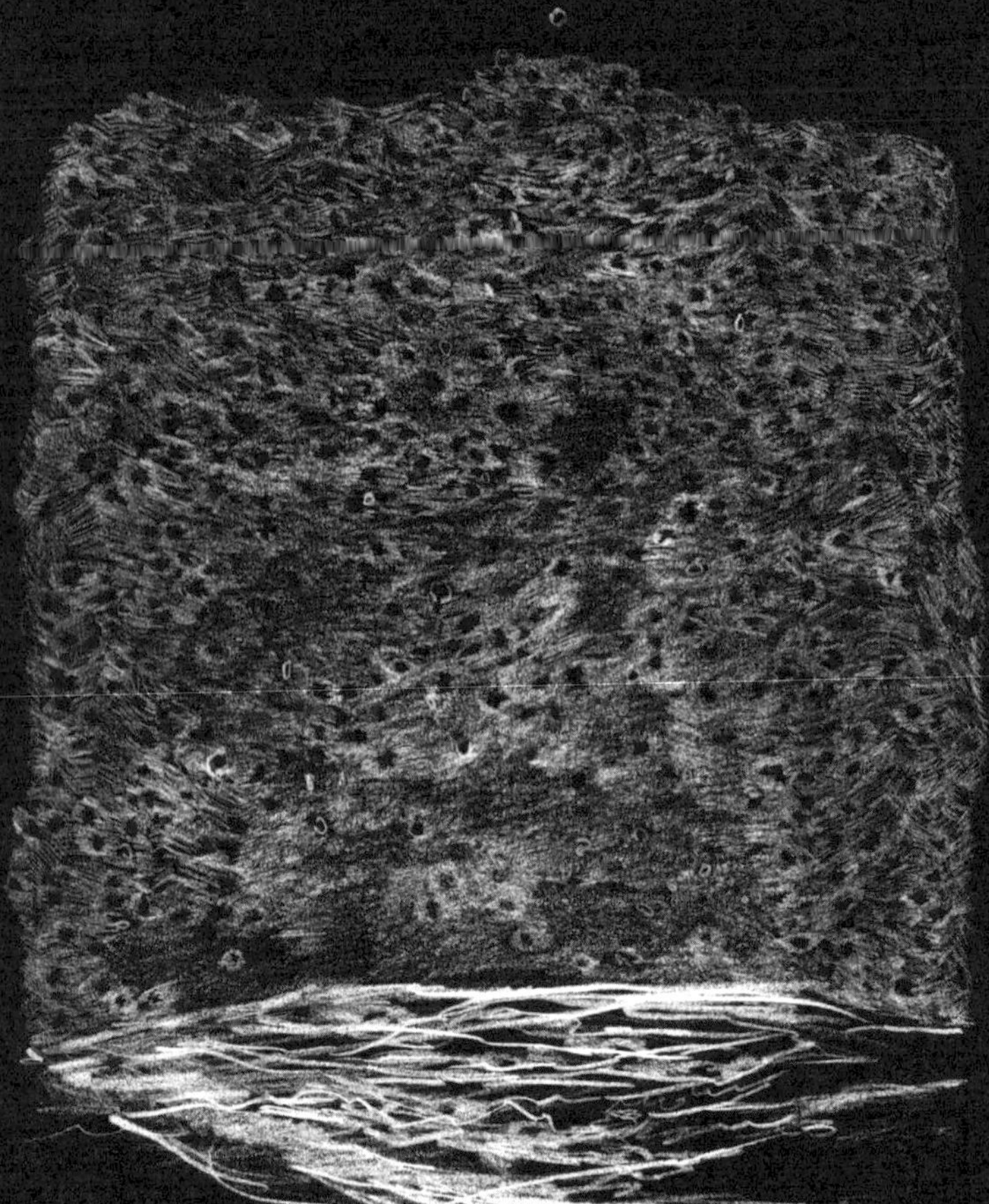

盂骨水道をいまだにさまよう子どもたちよ
息がつまって凍りついた子どもたちよ

わたしが母さんだよ
わたしが母さんだ

泣かないで
待っていなさい

わたしの深い息で　おまえたちのかぼそい指をつかんでやろう
あっぷあっぷとさまよいつづけるおまえたちの　濡れた夢を目覚めさせ
てやろう

海女の人生

海女　チャン・ブンダ

春の海のように豊かにふくらんだ乳房に吸いつく
乳飲み子を置いて
どこに行ったの
髪を結ったばかりの　二十歳のおかあさん

よしよし泣かないで
おかあさんは離於島《イオド》*に稼ぎに行った
よしよし泣かないで
おかあさんは離於島《イオド》からじきに帰ってくるよ

胸に飛びこんでくる明け方の鳥のように
寝ても覚めてもおばあさんの胸元に入りこんでいきました
野生蘭のように龍水里《ヨンスリ》の節婦岩《チョルブアム》に這いあがっていきました
遮帰島《チャギド》の向こうにぼんやり見える離於島《イオド》に呼びかけました
目を覚ますと風がブンブン吹く　だから「ブンダ*」なのでしょうか
稼ぎなんかなくても　もう帰ってきて
か細い声もちぎれんばかりに呼びました。

池で習った潜り方　八つではじめて海に入った
どきどき　美しい花のようなたたずまい　母の離於島《イオド》に出会いました
どこかでわたしを呼ぶささやきが聞こえました

ワカメを抱えて上がってくるとき
子どもの上軍*が上がってきたと叫んだ海女のおばさんたち

心の底から待っている　ひとつの愛は
枯れることのない乳なのだと知りました

風が吹く水の下も　水眼鏡ひとつつければ
堂々とした　上軍海女

水に入れば　幻の離於島《イオド》が浮かびます

ひそかな声　知るすべのない母なる離於島《イオド》　水の下にあの日　記憶し
た　小さなあれ

ピッチャン（磯ノミ）ひとつ抱いて立っている
母　離於島《イオド》

第一部　海女伝　海女　チャン・ブンダ

チャン・ブンダの本名は、チャン・インスク（一九四九年〜）。「ブンダ」はキリスト教の洗礼名。翰京面龍水里《ハンギョンミョンヨンスリ》で生まれ高内里《コネリ》で海女をしている。

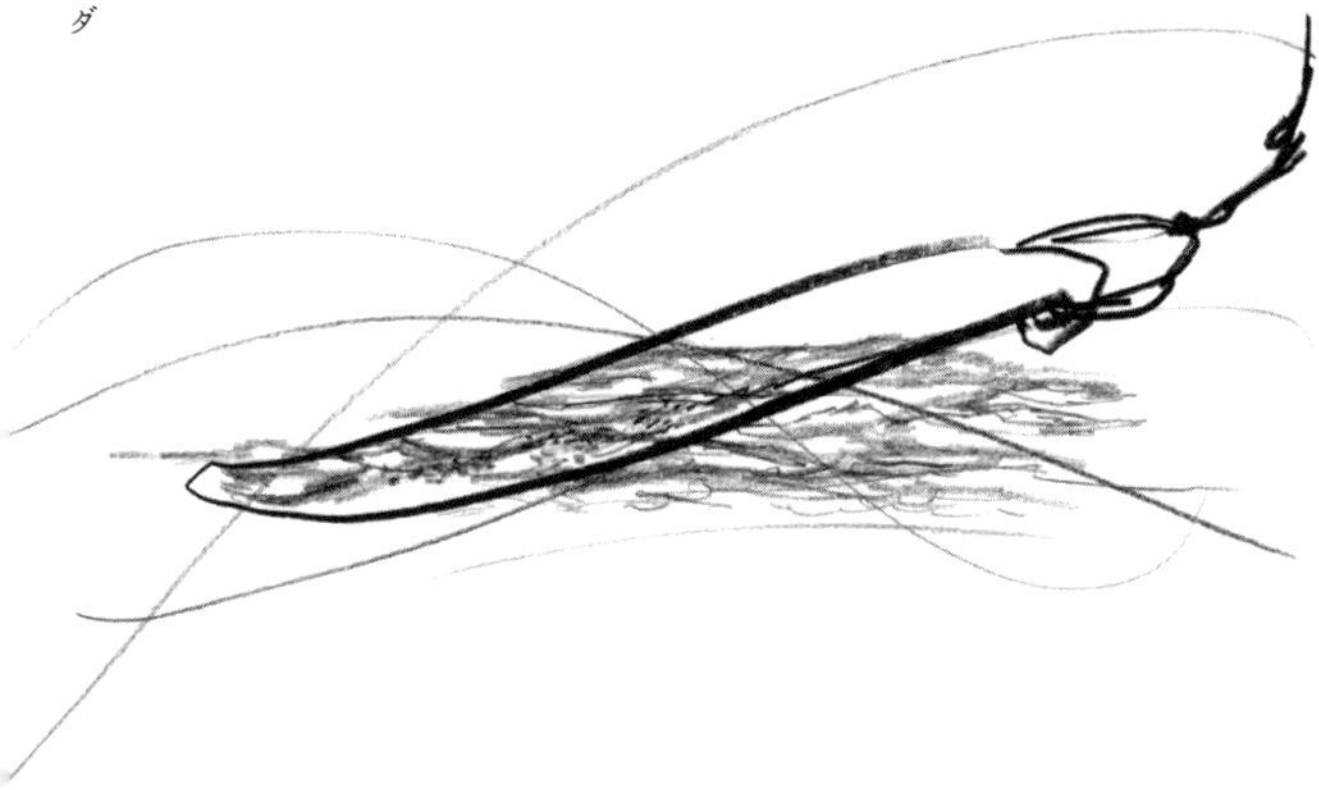

海女の人生

海女　キム・スンジャ

海女だった母さんがわたしを産んだ日
おなかを抱えて　そうっとそうっと海女漁をしたと言います
わたしの夢は母さんの夢
なのに、あっという間に水の外にはじきとばされたのですよ
大きな石の下敷きになった瞬間
わたしの夢はずたずたになってしまいました
肩と骨に　関節と関節に　ボルトの入った
―三歳の水の夢
わたしの夜はいつも水の中です

たった一度　水に入って神聖な夢を持って　生まれてきた
最高の上軍海女*の娘
あれほど長い母の息を持って生まれた娘

あのとき　あっという間に水の外へと砕け散ってしまいました
幼い背骨が砕けた瞬間
北海道の炭鉱村で　風邪薬一粒すら飲めずに
枕元に空き缶を置いて　カッカッカッカッと　痰を吐く
父さんのかわりに石垣造りの労役へ行き
ガラガラと大きな石に押しつぶされてしまった
水の夢

キム・スンジャ（一九四〇年〜）は済州四・三事件当時、父に代わって、「武装隊*」と村を遮断するために、集落の周囲にめぐらすことを官憲によって強要された石垣造りの労役に行き、石の下敷きになる事故に遭った。いまも後遺症による障害者として暮らしている。

済州四・三事件

海女　オ・スナ

生きているときは　一度もあなたと一緒に触れることのできなかった
夜の海　ひとり水に身をあずけましょう
赤い唇のような椿の花にくるまれて
青い舌のような波のしとねに横たわりましょう
―二月のあの夜
しんしんと降り積もる雪が
黒い海に沈められ　閉じこめられてしまうまで

オ・スナ（一九三〇年〜）は済州四・三事件の頃に十八歳で結婚したが、一年もたたない同年十二月に夫が表善《ピョソン》の砂浜で集団虐殺の犠牲になった。

釜山《プサン》国際市場をゆるがせた*

極限まで抑えこまれた息がはじけた　あの場所
ただ通り過ぎてよいものか　釜山国際市場まで行ったなら
しばし　耳を傾けてごらん
影島《ヨンド》の海　冷たくしみる風　揺さぶる波の音
聞こえるだろうか　どんなに洗っても洗っても消えることのない
カジメ*のようにどす黒い痣になった水の骨に応えるような　あの音
聞こえるだろうか　細花《セファ》の市　天を衝く女たちの怒りの声が

風呂敷包みひとつ抱えて

みなみな集まった
済州《チェジュ》の海　波に乗って　一緒に渡ってきた　春花《チュナ》姉さん　オンニョン
姉さん　そして末っ子のチャドン
ひとところに集まった
商売は頭でするもの
国際市場の隅々まで　噂でもちきりだ
紬花の市で　湧きあがっては消えていった　往年の
水を得た魚のように　国際市場を縦横に泳いだ
三人の女
釜山国際市場まで行ったなら
しばし　耳を傾けてごらん　ざぶりざぶり
海女の息で道を開いてきた　あの水音が聞こえるかい

第二部

声なき声の祈りの歌

第二部訳者解説

姜信子

済州民謡「イオドサナ」

어이어 사나 아아아 이어도 사나 으샤으샤
オイオサナ　アアア　イオドサナ　ウシャウシャ
물로야 뱅뱅 돌아진 섬에 먹으나 굶으나 아아아 물질을 하여

으샤으샤
水にぐるりと囲まれた島で　食っても飢えても海に潜るよ　ウシャウシャ

우리 어멈 날 날 적에 어느 바당에 아아아 미역국 먹어 으샤으샤
おかあさんがわたしを産んだときには　海辺でワカメ汁を食べたよ
ウシャウシャ

성님 성님 사촌 성님 시집살이가 아아아 어떻습니까 으샤으샤
ねえさん　ねえさん　嫁ぎ先の暮らしはいかがですか？　ウシャウシャ

한푼 두푼 모은 돈은 서방님 용돈에 아아아 모자라 간다 으샤으샤
一銭二銭と集めた金は亭主の小遣い銭にもなりゃしない　ウシャウシャ

우리배는 소낙배요 남의 배는 아아아 쑥대낙배요 으샤으샤
われらの舟は松の木の舟　他の舟は蓬の舟　ウシャウシャ

이어도물은 저승물이요 이어도문은 아아아 저승문이라 으샤으샤
イオドの水はあの世の水よ　イオドの門はあの世の門よ　ウシャウシャ

済州島の沖合には幻の島、離於島《イオド》（이어도）があるといいます。そこにたどりついた者は誰ひとり帰ってはこないという島。済州の海女たちは、命がけの海に在って、つねに幻のイオドを感じています。だから、海女歌には「イオドサナ、イオドサナ」という声が鳴り響く。そこには生への深い問いが潜んでもいます。

イオド　サナ？（이어도 사나？　それでも生きるのか）

そんな海女歌の響きを宿して生まれたのが、ここに掲げた済州民謡「イオドサナ」。それは、打たれても折れない強靭な生命力と明日への希望を込めた闘いの歌でありました。

一九八〇年、韓国では、もうひとつの済州四・三事件ともいえる光州事件が起きています。その頃より、ついに全斗煥の軍事政権を倒すことになる一九八七年の六月抗争に至るまで、民主化を求める人びとが歌った数多くの「民衆歌謡」の中には、各地方の民謡やそれをもとにした新民謡もありました。済州民謡「イオドサナ」もそのひとつ。それは踏みにじられて、記憶を奪われ、命までをも奪われてきた民草の声として歌われたのでした。

ホ・ヨンソンは、まさにその時代に詩人として出発します。同時に、済州大学を出て島の新聞の記者となります。そして、済州四・三事件の封印されていた記憶の襞へと分け入ってゆくことになるのです。

済州島の人間で、「四・三」の犠牲者や加害者と無縁の者はまずいません。その記憶が家の中で語り継がれるということもほとんどありません。それは家族の歴史の中に隠されたとてつもない痛みであり、悲しみであり、知ることがさらなる災いになるかもしれない記憶でもあったからでしょう。ホ・ヨンソンの家族にもまた、そのような語られぬ記憶があります。空白の記憶。その存在を彼女は詩人となり記者となった二十代の頃にはじめて痛切に知ったといいます。

済州島は大きな力によって記憶までもが虐殺された島でした。人びとが記憶を語る恐怖に震える島でした。黒塗りされた記憶ばかりのその島で、ホ・ヨンソンはジャーナリストとして、闇の底の記憶を掘り起こし、凍りついた声に耳傾けるという地道な作業を長年にわたってつづけてきました。これは、もっとも低く、もっとも深く、もっとも遠く、もっとも暗く、もっとも顧みられない声たちのほうへとおのずと向かう道のり。

気がつけば、その道のりで出会うのは女ばかりです。その途上で海女たちにも出会いました。海女たちの歌も聴きました。海女たちを包みこむ波の音も聴きました。

しかし、あの忍耐強くも愛情深い女たちの記憶がすっぽり抜け落ちた島の歴史とは、いったい誰の歴史なんだろうか？

問いとともに、ますます女たちを訪ね歩き、水の底、波の果てで生き抜いてきた者たちの脈々たる息づかいに触れ、そこに人間が生きるということの真実と秘密を見出したとき、つまりは、他の誰かから与えられた言葉では到底語り尽くせない地点にたどり着いてしまったとき、ホ・ヨンソンはついにみずからの声で歌いだすのです。その声に、海女たちの記憶と声とその息づかいを溶かしこんで。水底《みなそこ》の絶望とその先にある希望を宿らせて。言葉のつらなりが生み出すその声の響きこそをメッセージとして。

ええ、歌なんです。命に響く歌なんです。いまから私たちが聴くのは、詩人ホ・ヨンソンの「イオドサナ」、この世の島、この世の海に生きるすべての者たちの歌なのです。

1　わたしたちはモムを山のように

深い海　それがゆらゆらするとき
水の流れに倒れて　くらくらするとき
わたしたちは激しく愛を求めた
モム（身）が切られるのか　モム（ホンダワラ）が切られるのか
モム（ホンダワラ）が切られるのか　モム（身）が切られるのか
モム　買わんかね
モム　買わんかね
押し寄せてきた禍々《まがまが》しい年にも　わたしたちはモム（身）ひとつで
モム（ホンダワラ）を採ったよ

隠れるところもなかったときも
食べる物ひとつなかったときも
わたしたちはモムを山のように積みあげたよ
モム　買わんかね
モム　買わんかね
わたしたちはモムを売ったよ
モムは海を宿しているんだよ
村々で　モム買わんかね
叫んで　まわったよ
わたしのモムとおまえのモムがひとつになるんだ
中華料理屋　路地裏　ぐるぐるめぐる　喉も裂けよと声はりあげる
モム　買わんかね
モム　買わんかね

2　一杯のモムのおつゆ

窓の外　こんこんと雪降る日
愛しい海がざばーんと押し寄せてきた
さじでほんのひとすくい　モム（身）を生き返らせてくれる　あれ
豚の骨　骨の髄
まずはどろりと　おつゆのだしをとって
それからあの透きとおって　みずみずしい海のモム（ホンダワラ）を
さっと放りこめば
堰を切ったように　せりあがってくる　狂おしい飢え
接着剤のように吸い寄せられてゆく

はらわたまでしみわたる　とろとろ白い誘惑
なにはばかることのない海の食卓
モム（身）が　モム（ホンダワラ）を食べたなら
ほら　モム（身）にパーッと花が咲き乱れる
聖なる
あの
一杯の
モムの汁

3
北村《プクチョン》海女史

男たちがみな血の色の海へと去ったあの日から
北村の女たちは海に潜ることができないならば
海を去らねばならなかった

あの日から
北村の女たちはだれもが
はるか暗礁の向こうの海へと出てゆかねばならなかった

口を開けて糧を待つあの子とあの子とあの子のため

氷の水へと身を押しこんだ
力のかぎり　降って降って降りつもる
凄まじい雪のような愛を降り注いだ

こころはからにした
飢えても海の底まで行くことのできる筋肉をつくった
その日暮らし　日当を稼げなければ　ばったり死んでしまいそうだ
胸底には熱い花を咲かせて
この岩あの岩を越えて　生も死も超えて　潜って潜った

みんなが海女の中の海女なのだ
海の底から上がって帰りゆく船　ポンポン蒸気*を
ひそかに　その一瞬を狙って待ち伏せしていた
風の凄まじさよ

水の上も水の下もぐらぐらするから
ひっくりかえって　気も遠くなって　砕けてしまうものだから

北村海女　おまえもあたしも　だれもが魂の糸をつかまえて
すがったんだ　浮きのひさご　ただひとつに
灯台のように待っているんだ　命の力が
波のむこうで　きらきらと
あの幼い口と口と口が

4　あの子が泣いたら　お乳をやってください

翰林《ハルリム》の海辺　海から上がって　寄り集まって　腰を下ろして
頭に手ぬぐいかぶって　五人
その上を
ざばんざばん　激浪の午後が突き刺さる
足びれも機械の船も持たないから
遠い沖まで出てしまえば死んでしまうのさ
ゴムのスーツどころか

木綿の布きれだったあの頃
鋭い刃のような波にさらわれた　あの女
ほら　あの遮帰島《チャギド》あたりの大海まで　波をかきわけていったらしいよ
波が砕ければ　水の上にあがることもできない
身は浮きつ沈みつ　じたばたもがいて
金陵《クムヌン》だかどこだかまで　ざんばと押し流された　あの瞬間

あの女　最期の息を思いきり吐き出して　叫んだというよ
「あの子にお乳をやってください」
「あの子が泣いたら　どうか　お乳を」

そうやって死んだんだってよ
あの女　金寧《キムニョン》の海女

飛揚《ビヤン》島《ド》で　潜っていた
金寧から来た　あの女

5　わたしたちは宇宙の桃色の乳首

はだしでいっしょに歩いていったのだ
東福里《トンボンニ》の小道をめぐって
曇って黒い海へと入ってゆくのだ

青い羽　ハタハタ　ひよどりが一羽　舞い降りたようだった
水眼鏡を手にとって　ヨモギで磨くかわりに　ペッと唾を吐きかけて
こしこしこすって　黒い帽子をかぶるのだ

さあ、すべての準備はととのった

出陣を前にした選手のようだ
あたしかい？
ほんの六十年ばかりやってきたさ！

穴のあいた靴下をはいて　そう一言　サクッと言い放って
足びれをつける
まるで　海にはじめてくちづけする者の
震えのような　おごそかさ

頭の上をぐるぐる飛んでいた　黒い鳥一羽
ひらり
足びれから　ひそかな鳥一羽
くるり
あかね色の丸いテワク（浮き）ひとつ　じっと息をつめて見つめる

テワク（浮き）の下で　ぐっとこらえている　もうひとつの息
太く強い四月の激しい雨が打ちつけてくる
それでも　ゆよんやよん　黄色の花が波に浮かぶ
その下に　いまにも弾けそうに　揺れる
点　ひとつ

ほら　あの海の上に　浮かびあがる
たわわにふくらむ
宇宙の桃色の乳首

6　一瞬の決行のためにわたしは生きていたのです

――死せる海女に捧ぐ

ただあの瞬間　あなたがわたし（ピッチャン＝磯ノミ）を振りおろす
あの一瞬のためにわたしは生きていたのです
一粒　青い大地にきわどく張りつく種
音もなく流れる水の中の叫びをくりかえし聴いたのです
きらりと閃光のように抉《えぐ》らねばならぬ　わたしの運命のごとく
一瞬の決行のためにわたしは生きていたのです
薄く削いで削いだ刃の　あの瞬間を生きていたのです
ときにはただ一振りのために息を調律する

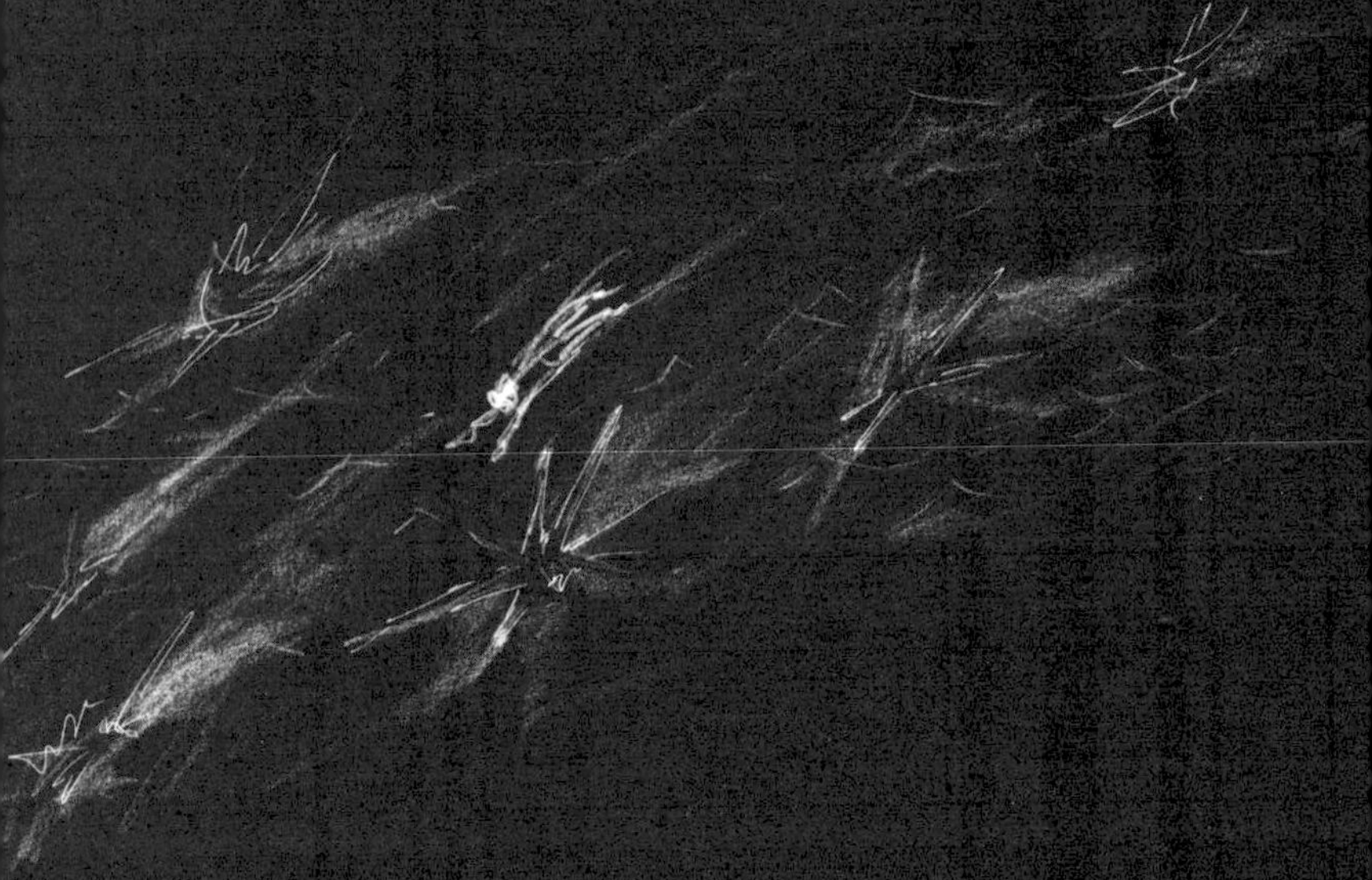

あなたの振動板のように震える胸の上で
緊張の糸の上で
わたしはずっと生と死の危ういあわいで
あなたとひとつ身になって待つのです
のめって　真っ逆さまに落ちて　沸き返って　砕ける
水の生、だから　あなた
離於島《イオド》*から還ってはこられないなんて　言わないでください
今夜こそ　還ってこなければいけません
ひとり　自分を責めて　水の壁をかきむしってはいけません
いまだ　おのれの使命をまっとうできずにいる
あなたの胸を激しく揺さぶる絶唱ひとつ　できずにいる
この愚かな女のあやまちなのです
すっかり錆びついてしまった釘抜きのように
大海の烈しい潮に芯までまみれたわたしの切っ先

どうかわたしを呼んでください
水底《みなそこ》の獲物を求めて　潜っては浮かび　浮かんでは潜り
水平線は眉にかかって揺らめいて
あなたは　一度も水から離れたことはないとおっしゃったのだから
けっしてあの一瞬を逃さぬ手にわたし（ピッチャン）を握って
あなたは　おまえを手放したことなど一度もないとおっしゃったの
だから
まるで大きな悲しみを引き剝がすようで
どうしたことか　わたしはわたしのピッチャンの生を　あなたから
引き剝がすことができないのです
むなしい水平線に囚われたままなのです
固く閉じたあわびの背を一息で掻き切り
そうして痛みを引き剝していたかのようなわたしの鉄の刃
あなたとのあの一瞬のためにわたしは生きていたのです

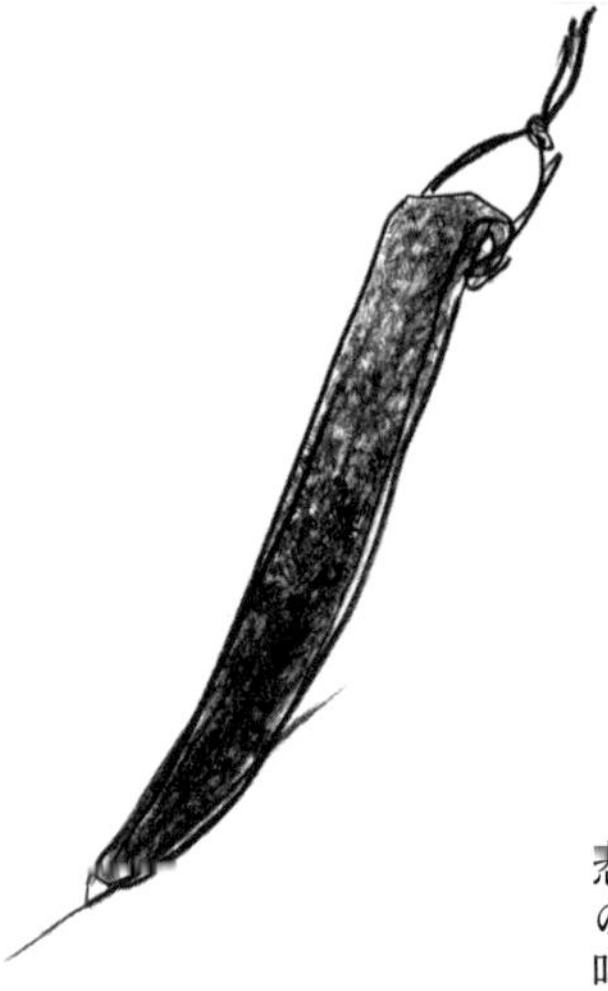

いまは亡きあなたの門前で　わたしは
いまもさかさのまま　待っているのです
悲しい叫びを聴いているのです　あなたの胸の内の
失われた糸が奏でる
悲《ピ》の唱《チャン》

この作品は、ピッチャン（빗창／磯ノミ）とピッチャン（비창／悲唱）の音の響き合いの中で紡がれた。

7　波のない今日がどこにあろうか

あのとき父は海にむかって
わたしの衣の下の素肌の恥じらいを砕くように
陶の器を砕いて　ばらまいて
さあ潜って　取ってこい＊
大きく足を踏み出して　振り返って　言った

そのかけらを　ひとつひとつ　拾いあげるそのあいだ
わたしは　恥じらいの花咲く幼い季節が去りゆく音を聴かねばならなかった

眼も眩むような水の庭園は
母の子宮
水から拾いあげたのはわたしの夢だった

どこまでまさぐれば　わたしの幼い闇は消えるだろうか
どこまで降りていけば　あの日
わたしの流線形の夢がおずおずと着地した場所が見えるだろうか

そう　あのとき　はじめて見たのだった
かけらを拾っていた　そのあいだ
海の息づかいに震える
あたたかな黄色を
寂しい青色の目を
颪うずまく磯浜の木の切り株で

スムビソリ*（磯笛）を鳴らす小さなすみれを

生きるということは
波のように風に抱かれること
波を生きるとは
知らず知らずこぼれでる声を集めて　大きな力とすること

波のないきのうがどこにある
波のない一日がどこにある

8　タリョ島では海女豆が集まって暮らしています

タリョ島には
暴風にもびくともせずに茂る海女豆*があります
海女のおかあさんが海に潜っているあいだ
おなかがすいて
危ない海女豆を炒って食べて
こんこんと深い眠りにおちて　船で村に運ばれたという
あの頃の少年たちがいます

タリョ島には

風に乗って亡命した海女豆が集まって暮らしています
激しい暴風にも揺るがず種を孕み
寄り集まって暮らすかれら
海女たちが海に行けば　かれらも行きます

へその緒のようにつながって
地を這う海女豆と海女豆のあいだには
かずら　つた　すすき　やまぼくち　そば菜
きっと　かれらだけの国があります

絶叫する魚の顔した黒い岩　その隙間
悲鳴も涙もなく　ただただ
生き残ったものたちだけで　生きていきます

吹雪いて　雷鳴とどろけば　ぷどぅるぷどぅる　抱き合い
かよわいけれども　しぶといものたちだけが　肩寄せ合って暮らしてい
ます
気丈な　毒気のあるほど気丈なものたちだけが　寄り集まって暮らして
います

潮に浸かった身で生きる
咲き乱れる　薄紅色の海女豆の花
にっこりと目をあけて
まだ来ない者たちを
待って　暮らしています

9　海の中の呼吸は何をつかむのか

——五人の海女の歌

ひとつ　息を吐き出せば
ひとつ　息をのみこみ　身をひるがえすのだ
五人の女と海が一身になるのだ
もがいてもがいて何をつかむのか
胸の奥のずっと底から　息を吐き出すのだ
数珠玉のように　ばらばら
ばらけてゆくものたちだ
数珠玉のように

散ってゆくものたちだ
ひゅうひゅうと　鳥を追う　声なのだ
海の上を　飛んで　舞って　漂うのだ

10 墨を吐いて逃げるタコのように

草屋の戸口に蜘蛛の巣のかかった
古びたテワク（浮き）　ひとつ
パダホミ（磯鎌）と網袋とひっそりと
軋《きし》む波の音を受けて　そこにある
西北の風に吹かれて　生き抜いた
年老いた胸　ひとつ
たとえ足びれのつまさきめがけて　タコが墨を吐こうとも
海の中では千里眼だったよ　あの女
海の底の黒い石の原っぱを　あちらにぶはー　こちらにぶはー

墨を吐いて逃げるタコのように
ぶくぶくと息を吐いて　大きな石　小さな石　石の穴のうしろに
じっと潜む眼だったよ
海藻をかきわけて探して　突然の雷鳴にううう呻いて
夜ごと　ぐらぐら　海を揺るがすあの女
夜の夢にも　昼の夢にも
眼にもくっきりと
思い起こされる　戊子己丑《ムジャキチュク》＊　一九四八年十二月　あの冬の
記憶　ひとつ
済州《チェジュ》の海　ざあざあ流れる赤い血にまみれた男を背負って
すばやく　家の庭まで
走った　恐れを知らぬ　十七歳だった
済州の海の
あの女

11 眠れる波まで打て！

——海女の舟歌

そんなかよわい声でどうやって波を越えるのか
そんなかぼそい声でどうやってこの山を越えるのか
イオサナ　イオサ　さあ波を打て　舟を漕げ*
それっぽっちの力じゃ無理だ
それっぽっちの声じゃ無理だ

この海

あの峠を越えるときには　おまえの胸のうちのすべてのかけらをかき集めろ

黒い岩を轟《とどろ》かせるあの激しい波のように
波も山も　その底まで打て

おまえが勝つのか　わたしが勝つのか
眠れる波まで打て

おまえの盲目の愛もそうして打って打って打ち捨てろ
おまえの汚れた記憶も郷愁も打って打って打ち捨てろ

氷の花咲く　凍えた胸

苦悩にひしゃげる胸の底まで
引きあげよ　打ちおろせ

済州《チェジュ》海峡を越えるときは
腹の底から野太い声を出せ
どんな未練も憎しみも置いていけ

さまよう心は切り立つ山に捨てていけ
つかみようもなく疼《うず》く歌も
膨れるだけ膨れた欲望も
みんなあの海に捨ててゆけ

激しく
ただ一度だけ

打て！

12 愛を抱かずしてどうして海に入られようか

一日五回
波に向かって修行するあの海の年若い岩のように
じっと身じろぎもせずに座ってみたならば
じわじわと　はっきりと　胸のうちの炎を感じるだろう
愛を抱かずして
どうして海に入られようか

そう

一度たりとも語ることをえなかったわたしの喉
沈黙の涙で胸を満たして　どうして一生を波に揺られて生きられようか
けもののように駆けて
鳥のように軽やかな浮力で
古生代の巻貝のように　そこに身をゆだねてみよ
たった一日のあいだにも数限りなく胸に飛びこんでくるものを
感じるだろう

ところがなのだ　わたしのうちには
いつもわたしを求めているおまえの瞳があるのだ
ふるふるとしなって肩打つ警策のように
うるるすすり泣くおまえの涙に打たれるのだ

だから
おまえを抱かずにして
どうして水に入られようか

13 どれだけ深く降りていけば　たどりつけるのか

あの大きな一つ眼の水眼鏡ひとつで　わたしを縛りつけないで
身のうちにはひそかな涙のあふれるわたしを
もうここまでくれば　海こそがわたしの生の扉であり　部屋であり　鍵
なのではないか

あたたかいでしょ　さわってごらん
痛みも吸いこまれていくでしょう
ここまでくれば　海こそがおまえとわたしが探し求めた自由ではないか

腰に巻いた鉛のおもりこそが命綱
ただひとり水の流れに身をゆだねれば
狂った風が舌なめずり

さあ　深く　もっと深く　入っておいで
あっちにゆらゆら　こっちにくらくら
危ないよ　命を包みこむ翼までもが折れてしまうよ

ほらね　そうたやすくはないでしょう
水の中は瞬く間に巨大なドラム式洗濯機
群れをなして跳びはねて水をかきわけてゆくイルカの目がぎょろり
おびえた水草がちぢみあがるんだよ
ぐるぐるぐるぐる洗濯機に吸いこまれてゆくんだよ

誰？

わたしの体はただ
うすぐらく　おぼろに　水の境界が崩れゆくままに
海草のように　ゆらんぐらんとぶつかっては　散るだけ

もしや裏切りの波が
おまえを待つならば
あの遥かな海の彼方
希望を探して
石と石の隙間をその手でまさぐってごらん

そっとまさぐる手で
あの恐ろしくも寂しい崖をぐるりとめぐって

だんだんと深く深く　やがて消えてゆく
砂の間の　またその奥に　触れてごらん

どこまで行けば　やわらかな水にたどりつけるだろうか
どれだけ深く降りていけば　穏やかな生にたどりつけるのか

14 わたしたちが歩く海の道は

おまえの島
わたしの島、この世の島に、閉ざされた者たちが歩く道なんだね
音も届かぬ遥か彼方から寄せくる　海のひそかな計らい
嵐のあと　渦巻いて無数に重なり合う心を
波がふっと解き放ってくれる道なんだね

わたしたちが歩く海の道は
さあ　おまえ、吐き出してしまえ　自分を放て　すっかり空になってしまえ

いいや、わたしがおまえを放ってやろう
魔法のように寄せてくる波の呪文
塞がれた胸を解き放ってくれる道なんだね
年老いた海女のスムビソリ＊（磯笛）が
かんかんに凍った心の錨綱《いかりづな》を解き放ってくれる道なんだね

わたしたちが歩く海の道は
さあ　おまえはおまえの道をゆけ
おまえはおまえらしく波をかきわけ生きてゆけ
そう語りかける道なんだね
わたしよりも先に旅立って　挫折を知った翼が舞い降りて
ともに歩いてくれる道なんだね

死んだと信じこんでいた希望が　歩けばあとからついてくる

今日は今日の道がある
固く閉じられた心を開いてくれる道
泣いたきのうを
笑う明日へと歩ませる道なんだね

15
海に　海にだけ　生きてきた

テワク（浮き）を見れば思い出すのさ
戊子《ムジャ》の年（一九四八年）　あの年の冬　潮の満ち干のとおりに　海と村を
行き来したあの頃
あたしのテワク（浮き）をひったくって投げ棄てた
あの制服の腕章
「おまえの夫はどこ行った」
「花嫁になんの罪があるというのか」
つばめの雛を抱くように　テワク（浮き）を拾って抱きしめたおばあさ
んまでもが

罪人にされたんだ

それでも制服の問いに口を閉ざしたあなた
はなから漂い流れる道を選んだのですね
思えば　あんなにも激しく海に波の花が咲くのも
あなたの生に誰も近づくことのできなかったのも
あなたの呼吸が　一息、また一息と　息をこらえるばかりだったのも
制服とはちがう誰かを愛したゆえのことなのではないでしょうか

もしや　あの制服にそっとそっとうなずいていたならば
そのまま　なにごとも起きなかったろうか
満ちては干く潮のめぐりに合わせるように　制服が
風のようにやってきては口笛を鳴らすのも聴こえぬかのように
東金寧《トンキムニョン》から西金寧《ソキムニョン》へと嫁入りしたあの日

式をあげて二日後には　もう警察支署に呼びだされたんだ

その涙を忘れてはならぬとおばあさんは言ったよ
山に入る＊あの人を見送るあたしは泣いたよ　そのこと　あの人は覚えて
るだろうか

九龍浦《クリョンポ》、巨済島《コジェド》＊、海に潜ってお金を稼いで
しゅうとめしゅうとの暮らしを必死で支えつづけて　そのあげく
あたしの胸を痛ませた大切なあの人が逝ってしまったんだ　真っ暗な夜
だった
おばあさんは言った
「もう戻っては来るな
玄界灘を越えてゆけ」
海に　海にだけ　潜って生きてきた

し十年　たったひとり　ぐるぐるくらくら
飛べない鳥のように　海だけを抱きしめて生きてきたんだ
海だけを見つめて生きてきたんだ
凌辱されなかったのは幸いだった
純情は水平線に沈めてきた
こんな世の中を生きてきた
とにもかくにも生きてきた

16 もしや済州島《チェジュド》をご存知なのか？

天めがけて　目も耳も閉じることなく
漢拏山《ハルラサン》　エゴノキ白い花
万国旗のようにはためく　あの花々の下に
はらはら
立つことがないならば
あのものたちが　こらえきれずに　ぽきりと折れて
ぼろぼろ　うめくその声を
聴くことも見ることもないならば
どうして済州島を知り尽くしていると言えようか

漢拏山のくるぶしを露わにする澄みきった夕べ
島の道にきらきらと　たわわに　黄昏色のセンダン
波のそばへ　もっとそばへと　耳をあてるハマヒルガオ
あのかよわい唇にそっと身をかがめてみなかったならば　君よ
どうして済州島を見尽くしたと言えようか

傷ついた島の記憶の瘤《こぶ》をぶらさげたエノキが
たわんだ大地の時間を耐えしのんでいる
ごつごつと固い火山石の大地
エノキの根っこの毛細血管までもが海に向かう時間
歩いて歩きつづけて
波かきわけて　ひとり海のものを採る者の黒い背中に
出会うことがないならば

どうして済州島を歩き尽くしたと言えようか

果てしない波の中に　沈んだ愛の言葉を
ひとり聞いて書きとることがないならば
どうして済州島を感じ尽くしたと言えようか

海峡を越えれば海は東と西がひとつになり
遥かな海　凍った水に　こごえた体は生気を失い
五月になっても　傷跡のように赤い　あの椿*の花のような女たちの
長い出稼ぎの時に心を寄せることがないならば
どうして済州島を生き尽くしたと言えようか

17 心臓をむきだしにしたあの赤いカンナ

――死せる海女の歌

あなた、わたしのために　歌うなんて言わないでください
あなたに夜明けがあるかぎり
ここもまた　あなたとひとところを眺めやった
輝ける九月の海です　雲が流れゆき　流れくるでしょう

ことさら待たずとも　海に沈んでいった
月も星も　のぼってはまた沈むでしょう
水の上に星座があるように

水の中では死んで星になった者たちがきらめくでしょう
まっすぐに落ちた太陽がのぼっては沈むでしょう

あなたが　水かきをはずす夜
まだ浮かびあがることのできずにいる
口笛の音が　どこからか聞こえてきたなら
一度だけ　振り向いてください

冷たい夜明け　鳥肌立つ水の時間を記憶してください
苦しみなき荒野の海草になって　眠りに落ちる時間を記憶してください
わたしはただ流れるだけだから
忽然と消えて　別れの言葉もなかったと　責めないでください

二度と振り返らないでください

わたしの体をすっかりのみこんでいった波の時間も
わたしには揺らめく瞬間だったのです
だからあなた　わたしの道の上に　そんなにもとどまらないでください

あなたの記憶の海で
わたしはただただ流れ流れてゆくだけだから
わたしのために　歌うなんて言わないでください

どこからか　グヮングヮン　神房《シンバン》*の銅鑼《どら》の音が聴こえたなら
赤いカンナが心臓をむきだしにして海に行ったなら
一度振り返ってみてください
遠い海　風に乗って旅立つわたしが見えることでしょう

ある日の　流れ流れてゆく赤いカンナの種のように

ある島
ある海の　ひりひりと痛むその果てから
ひらひらと旅立っていくわたし

18 テワク（浮き）が語ることには

あなたがわたしにつけた名前は「安寧《アンニョン》」
からっぽの胸　生まれたときよりも　もっと大きく　もっと深く
空洞の体で息をしています
空風が眠る海の上で
あなたを待っています　つながれた運命のように
きのうも今日もそうであったように
身をひるがえすたび
新たに花ひらく希望的観測
あなたが吐いた息の道をたどって

わたしは流れゆき
流れる方向へとついてゆくだけです
勢いよく跳ねるあなたの濡れた胸が
ようやく桃色の水の衣をまとって海から上がる黄昏の時間
あなたを待っています
ついに深い苦しみが生み出す息が弾けます
髪の毛
心臓
肺
最後まで注意深くあらゆる細胞を集めて
疾走することをやめないあなたの時間
わたしの今生はこの道「安寧《アンニョン》」
もういやになるほど一緒にいるのではあるのだけど
あなたのゆく道をついてゆきます

ひたすら深く遥かな海からやってきた波の伝言に揺られて
切ない心であなたを待つということ
こうして　あなたとわたしの愛は
はじまったのです

19 すべては日が沈んだのちにはじまる

——翰洙里《ハンスリ》の海辺にて

あの遠くはるかな地平の上におまえがいる
すべては日が沈んだのちにはじまる
海が大地に触れるところ　すべての石に穴が穿《うが》たれる
おまえのいまだ放たれない息の音がする
おまえの泣いている声がする
私には聞こえない息の音がする
おまえの泣いている声がする
私が触れることのできない水の流れをさかのぼってひとつになる

おまえはいつだって私が息をするかたわらで私を縛る
私のまわりをぐるぐるまわる
旅立つことのないカンナの花のように
海が大地に触れるその場所で　寄せては返す　水の
果てるところに
おまえがいる
こうさ　私だって
一度は愛というものを抱いたことがあるさ
きっとぎゅっと
冬のひよどりのように
私の胸を締めつけたのは
おまえの声だったんだね
おまえの微笑みだったんだね

20
喰らった力で愛を産んだのか

あの椿
冬のあいだに風を喰らい水を喰らい土を喰らい光を喰らい希望を喰らい
喰らって喰らって喰らった分だけ　大きな花を咲かせたからには
その力を出しきったのだろうか
喰らった力で花をつけたのか
喰らった力で玉を結び、芽吹いて
喰らった力で咲いて、また咲いて

素足に海女衣をつけて

素足に手袋はなくとも　ホミ（鎌）をひとつ　ぶらさげて
だんだん深く　水の中の道を降りてゆけば
ワカメをサクサク刈って　ざぶりと上がってくれば
青々とした岩のりも　するする　ついてきて
ぱらぱらと落ちてくるのさ

さあ、ワカメよ
おまえが勝つか　わたしが勝つか
おまえが喰らった力
わたしが喰らった力　競って競って
死力を尽くす　一尋《ひとひろ》*の水の中
喰らった力　ただそれだけで　身ひとつで
そうじゃないのか　ぶんぶん
喰らっただけ深く

喰らっただけ長く
喰らった力を出しきって

21 泣きたいときは海で泣け

——海女の母から娘に

つよくなれ
遠い海を揺さぶって吹き寄せる大風にも揺らぐな
ごうごう軋んでのたうつ水平線を越えて　ひゅるるるる
深いところで弾けるもっとも遠い音を知れ

守れ
おまえの体は

おまえが守れ

水の中では誰も信じるな
誰がおまえのことなどを気にかけていられようか

耐えろ
泣きたいときは
水の中で泣け
深く　もっと深く　降りて泣け

月が錨を降ろし
星が錨を降ろし
水に触れてゆらゆら滲んで
海の底まで沈んでいっては　また還っていくまで

尻を胸の高さまで持ちあげろ
ゆらゆら漂う水の記憶が
網にかかって
ただ声となって残るまで

22 ただ一息で飛びなさい

四十九歳　わたしの三番目の娘よ
おまえは　この母のようにやりなさい
そう言い切るのも
それなりの歳になれば
そのときにはわかるだろうから

覚えておきなさい
夜ごと　ざぶんざぶんと　水音に満たされて生きる　この母の
耳を

最初に耐えることができなかったなら　十回やっても二十回やっても耐
えられはしない
どんなにまっさかさまに落ちたとしても
一尋《ひしひろ》　二尋《ふたひろ》*
青く腫れた　この母の胸の　音もなく
痛む、その痛みくらいまでならおまえも耐え抜けるだろうか

満ち潮の　朝の時間のように
引き潮の　夜の時間も
穏やかならざる世の中
一息に捨ててしまいたかったら
羽ばたくように　スムビソリ*（磯笛）ひとつ
力いっぱい　虚空に　吐き出しなさい

心に刻みなさい
曇った海がいきなり押し寄せる波となったり
不意に海を霧が覆い尽くしてしまうときには
ただ一息で飛びなさい

予測もしなかった波が沖から襲いかかるように
舟の錨綱《いかりづな》が　テワク（浮き）にからまったならば
おまえの生も　そんなふうにもつれてしまったならば
そのもつれた心の綱も　錨綱のように解きなさい

23 娘よ、おまえは水の娘なのだから

水の上で愛に出会って
草の種のようなおまえを授かったんだよ

小さなテワク（浮き）のような幼い愛を宿して
その身にふさわしい浮力でぷかりぷかり浮いていたとき
おまえの運命がわたしの運命に話しかけたんだよ

緑の海草に身をあずけて
果てしなく遠くへと泳いだものだった

丸くて丈夫なふくべのような胎《はら》になってからは
胎の中のおまえと一緒に　わたしも海の中をゆらゆらしたよ

吹き荒れる暴風がひとかたまりの闇となったあの夜
水の上でおまえを産んで、　水の上でおまえを育てたんだよ

わたしの生はこんなふうに流れていったんだ
蒼くて紅い海の内と外の時間が熟していったんだ
真っ赤に凍えてしびれた体
手の爪も足の爪も真っ黒に色を変えた時間も流れていったんだ

遠い海　水かきひとつで　見知らぬ土地へ
流れ流れていったんだ

いま　ようやく
おまえもわたしと同じ水の生を生きるようになって
ぽつりぽつり　十二尋《ひろ》*の水の中で話しかけてくるならば

この母の
豊かな水の胸の　遥かな歌が聴こえるはずだから

娘よ　よく聞きなさい
とくとく心臓破りの　息も苦しいみぞれにも
けっしてため息を吐いてはいけない
たやすくつらいと弱音を吐いてはならない

傷が傷を慰める
悲しみが悲しみを癒す
深い悲しみにまみれた苦しみはこの苦海が癒す

いまは水の国に入るとき

とうとうおまえも大上軍*の中の大上軍だ
この母の生そのものを　水の中を浮き沈みする生を受け継いだからには
けっして挫《くじ》けてはならない
燃えあがる夾竹桃《きょうちくとう》が放つ　あの重力をぐっとくわえて　水に入りなさい

忘れてはいけない
一度たりとも忘れてはいけない
ついにはオルム*のように大きな愛に出会い
オルムの女王　タランスィ　オルム*の精を受けて　愛を交わすまで
おまえは水の娘であることを

さあ　きっと　水の中の世界にも　水の上の世界にも
水の生を生き抜いた穏やかな時間がやってくる

24 海女は古いものたちの力を信じる

海女は生の最後に
丸い波の音を聴く
年老いた海女の生をやさしく包みこむ音だ
新しい生とともにあったあの音だ
波とともに　海女たちは　海鳥のように
波の音を立てて　生きてゆく
波が幼い海女にはじめて触れたときには
その身のうち深く　玉のように　打ちこまれたのだろうか
命のしぶきが飛びこむように

そうして老いては　波は生を厚く包みこむ

一瞬たりとも挑戦なき日はなかった
あのとき
挑戦して　生き抜いて　海女を生かしたのは
きっと脈々と受け継がれてきた血の力だったのだろう
すっとかすめただけでも　骨が砕ける　あの時間
海女は古いものたちの力を信じる
熟してこそ香りたつ発酵なのだ
思えば　わたしたちはみな
海女の生を生きているのではないか
遠い海の死闘を生き抜いて帰ってきた
海女の生のようなものではないのか

25

おかあさん、あなたはいまなお青い上軍海女*です

力強く沖へと押し出していった
大上軍の歌を今日も歌われるなら
おかあさん、あなたはいまなお若い上軍です
濡れた足で　いまもまだ水の外の道を歩むわたしは
よちよち歩きの上軍でしかありません
わたしの潜りはまだまだです

人生というのは生きてこそわかるもの
苦しいと言える友が　ひとりはいないとね

海だけを友としてはいけないよ
つらいときはつらいと声に出して生きるんだ
海だけを頼りにしてはいけない
他の道があるならば、他の道にも行ってみなさい

そのときにはわかっていたようで　わかってなかったおかあさんの言葉
いまもまだ深くはわからない　揺るぎない水の夢
ひそやかに　ただ微笑みだけを虚空に放った
おかあさんは　いまも変わることなく　あの日の上軍

それは背の青い魚の力強い隊列なのです
てっきり死んだと思っていた
神経細胞ひとつひとつが生き返って
夜ごと水の音を聞くのなら　おかあさん

あなたはいまでも青い上軍です

水の上の無数の星　胸いたませて
見守るおかあさん
難民のように　赤い残骸のように　打ち棄てられているかのような
夕べの海に
それでもけっして諦めない　桃色のテワク（浮き）ひとつ
その網に　果てしない水底《みなそこ》にあるという希望を拾い集めるならば
ひそかに　水底の石の隙間に芽吹くという希望の深さまで
潜って潜ってたどりついていらっしゃるならば
あなたは　誰にもその深みにまで行きつけない
青い上軍です

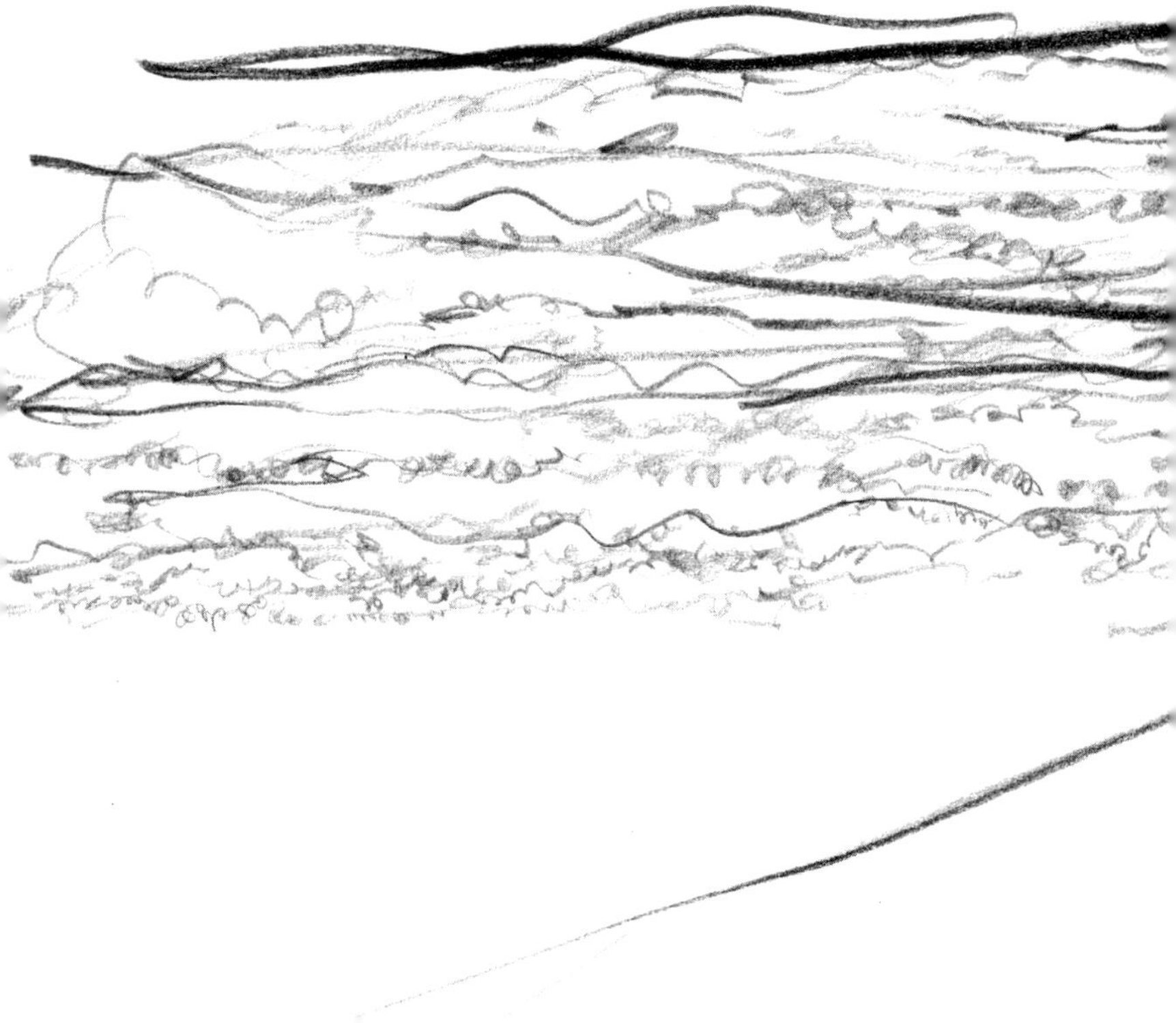

海女は水で詩を書く

時の過ぎゆくままに暮れゆく海に座っていた。最初にやってきたのはすっかり白くなった髪、あとからきたのはほんのりと朱い顔、年老いたすすきと若いすすきが熱く抱き合って交わす声を聴いた。

時の過ぎゆくままに座っていた。最後の太陽が夕焼けをひとつかみ、握りつぶして消えゆくまで暮れゆく済州《チェジュ》の海を見ていた。水平線は黒い海の中に溶けていた。見ていたのだ。夕陽が遥かな海のうろこを引っ掻くまで。海女たちが去ってしまった海は寂寥《せきりょう》としていた。竜岩を包みこむ空はただただ海にざぶんざぶんと沈んでゆくのだった。黒い海の上を紅の海が揺れているのだった。

あの海の大いなる正午の時を記憶している。あの頃、海はどれだけ力強い声に揺すぶられていたことか。群れなす鳥のように、エイのように、上に下に揺らめく海女の潜りはそれ自体が生ける波だったのではないか。海女はその存在自体でわれらの生の傷を癒してくれていたのではないか。互いに安寧を確かめ合う海女たちから、もしや私はひんやりとした労《いたわ》りを得ていたのかもしれない。さもなければ、海女の悲哀を、歓喜を、自由を、私のものとしていたのではなかろうか。

私は知らない。海女たちの深さを。水の中の海女と水の外で会う私は海女の本当の息を知ることはない。それでも、あれほどに底深い声をすぐそばで聴いてみたかった。白波に身を投じる瞬間、海女は詩であった。海に浮かぶ瞬間から詩であった。海女は水で詩を書く。風が吹けば風に吹かれるままに、雪が降れば雪の降るままに、体いっぱいの愛を込めて詩を書きつづる。海女は水の外の生と水の中の生を行きかいながら詩をしっぽりと潤す。

地上の畑、地上の土地ならば、休み休み進んでゆくこともできる。歩き疲れたなら、車に頼ることもできる。けれども海の畑は容赦のない場所。一包みの薬を口に流しこみ、水に命を投げこめば、もうそれまで。ともに水に入っても、命は自分だけのものなのだ、耐えるほかない水の空間なのだ、どうして深さが誰にも一様なものか。ただテワク（浮き）に身をあずけ、ブイのように命を漂わせるひとりひとりの生なのだ。だから、海の女人たちは海で死んだ仲間のために、迫りくる海女の海の時間のために、手厚く海女の祭祀《チャムスクッ》

（잠수굿）を執り行う。

長い時が流れた。海女を抱きしめてから。会って会ってまた会った。海へと向かう紅い椿の島、この地の心痛む歴史を生き抜いてきた女人たちに。わだかまった心を海に潜ってははらはらと解きほぐしてきた九十歳にもなる者たち。海女の物語はそれ自体が生の根源を想い起こさせた。この世とあの世のあわいの海の暮らしから離れることなく生き抜く、海の番人こそが海女であるがゆえに。その場所でとてつもない生命力を花開かせる海女であるがゆえに。見つめていたのだ。海女が海面に浮かびあがるや吐き出す最初の息の音を。ああ、海女がこらえにこらえた末に吐き出すあの一粒の息とは、なんなのか？

記憶している。精神の始原のごとき海女たちを。日本の支配下、植民地の娘であった時代に、命をかけて拷問に耐え抜いた勇敢な二十歳の乙女であった海女を。皮膚が木の肌のように傷だらけになっても魂までは傷つくことのなかった金玉蓮《キムオンニョン》、夫春花《プチュナ》、夫徳良《プトンニャン》。生きてめぐりあった高且童《コチャドン》、金啓石《キムゲソク》を。あの激流の一世紀を生きて世を去った大阪の海女、梁《ヤン》さん、彼女の大きな心をどうして忘れえようか。あたたかなぬくもりだけが生きる力なのだと語った朝鮮族*の出稼ぎ海女、金淳徳《キムスンドク》。この世を旅立った者たち。どうして忘れえようか。済州から元山《ウォンサン》、清津《チョンジン》、日本、中国、ウラジオストクの海まで出かけて、生と死の間を行き交った肉体を、かつては抜きんでた技量の持ち主だった年老いた海女たちを。身を切る激しい風、吹雪の海峡を越えて、また越えて、身を投げ出していった海女たちを。若い鼓膜を奪っていった砂嵐の海と死闘した海女たちを。いまもなお鮮やかだ。たったいま獲ったばかりのみずみずしいタコを私の前に置いたヒオギハルモニ、九十歳のホンハルモニは植民地の時代に二十歳で日本へと徴用潜水へと旅立ち、生涯異国の海に生きて、哀しき歌をつくって歌った。すべてがなつかしい名前だ。

現代史のぎりぎりと歯を食いしばるばかりの苦痛、済州四・三事件の洞窟の中で夫を亡くして生き残った女人は家長としてすべてのことを背負わねばならなかった。そうやって、ただただ家族を養うために水へと身を沈めなければならなかった海女の名がどうしてひとつ、ふたつであろうか。あの日を想うのだ。遥かな海まで出かけていって、波のように揺れて暮らしを立てていた海女たち、水の中の海女たちを水の外へと呼び出したかった。最初は悲しみをたたえて旅した海の者たち、海女の水の歌を聴きたかった。いやちがう。水の中で歌う希望の歌を聴きたかったのだ。海に潜って七十年、八十年、仕事ではない、暮らしだ、生きることそのものだ。その驚異の瞬間が遺伝のように若い海女たちに受け継がれる。人生の幼年から青春の時期をここで送り、年老いた身をこの海に浮かべて生きる者たちの海。海女とは海のなにものかなのだ。

遠い、実に遠い。これまでたくさんの海の時間が流れていったなかでもあの瞬間、海辺でさらさらころころと音を立てていたあの柔らかな黒い石の一群が埋め立てられてしまう前の、あの時節のことだ。あのとき、見たのだ。塔洞《タプトン》の海、その道、波打ち寄せる真っ暗な夜明け、テワク（浮き）を体にくくりつけて、同じ方向へと向かっていた海女たちの道。聴かねばよかったものを、ピンと筋肉の張りつめた海女たちのその道で、島の心臓を揺さぶる鼓動を聴いてしまったのだ。

振り返れば、かぎりない羞恥。海に入る者は恥じてはならぬ。「恥じるならば、海には潜れない」。海女のお義母さんははじめて潜る嫁に語りかける。海の者たちはきっぱりとしている。捨てるべきものは捨てねばならぬ。抱くべきものは抱かねばならぬ。大海で海女たちは自分たちだけの海の名前で互いに呼び合う。海女は極致の水の中で極限の歌を歌う術を知っている。私は水の外でただ待つばかりだ。とすれば、ときには、私の息は欲深くはなかったろうか。海女の生のほんのひとつかみも私は掬いあげることなどできないのだ。いったいどうして触れたなどと言いえようか、水の中の世界に。もし言うべきことがあるとすれば、海を漂うばかりの海女たちの名前を呼ばねばならぬということではないか。きっとこの詩集の「海女伝」はそういうことで生まれた。その作業は海女の名を呼ぶことのほんのはじまりにすぎない。

そうなのだ。暗い水の中、その底へと降りていけば明るくなるというが、愛の深みなしにどうして海の深みへと入ってゆけようか。

愛を抱くことなく、どうして水へと向かってゆけるだろうか。切迫したなにごとかがなくて、どうして極限を耐え抜くことができようか。あなたがたは生きるとはいかなることなのかを水の生業《なりわい》をとおして見せてくれた。われらの前に大きな励ましを差し出した。どうやらわれらは大きな借りをつくってしまったようだ。哀しみと歓びにまみれた水の運命を生きるこの海のあなたがたに。人は海女を、海女《ヘニョ》と呼び、潜女《チャムニョ》と呼び、また潜嫂《チャムス》と呼ぶ。長い歳月そのように呼ばれてきたのだ。ひとつにまとめることなどできない。だから、この詩のところどころで歌われる歌にはそのすべての名前が溶けこんでいる。そのすべての名前は海の流れのごとく、時代の肖像であるがゆえに。

編註

007 スムビソリ……海女が息つぎのために海中から浮かびあがり、海面に顔を出すと、より多くの空気を吸いこむためにまずは思いきり息を吐き出す。その瞬間に鳴り響く音を指す韓国語。鳥の鳴き声のような海女の口笛、「磯笛」ともいわれる。

019 済州四・三事件……一九四七年三月一日、朝鮮人自身による独立と統一を求める第二十八回三・一節記念島民集会が行われた。その後のデモに集った群衆に向けて警察が発砲した事件をきっかけに、警察、極右団体西北青年会、そして米軍による弾圧に抵抗し、南北分断を決定的にする南朝鮮のみの単独選挙への反対を唱えて一九四八年四月三日に「武装隊」▼115が蜂起。以来、七年七か月の間に、「赤狩り」の名のもと、三万人余りの無辜の民が虐殺された。

022 スムビソリ……▼007

028 ピョルバン……一九三二年、海女抗日闘争の際に海女たちがデモを行った済州市下道里《ハドリ》の旧称。

028 ホミ……海藻類を切り取る鎌。

028 ピッチャン……岩からアワビなどを引きはがす貝起こしの磯ノミ。

029 特攻隊……一九三一年六月から翌年一月まで、植民地時代の日本による海産物の搾取に立ち向かった海女抗日闘争を弾圧するために全羅南道木浦《チョルラナムドモッポ》から送られてきた警察隊。

第一部

041 石の島……済州は火山島であるため、噴火により流出した火山岩が多い。三多島、すなわち石の島、風の島、女の島と言われる。家屋を囲む石垣も火山岩(玄武岩)である。

044 スムビソリ……▼007

046 元山……現在の朝鮮民主主義人民共和国の江原道《カンウォンド》の道庁所在地。新潟港に入港していた万景峰《マンギョンボン》号の母港でもある。
047 通川……朝鮮民主主義人民共和国の江原道《カンウォンド》に属する。太白《テベク》山脈の東側、日本海沿岸に位置する。軍事境界線(北緯三八度線)を挟んで、大韓民国側にも同名の行政区画がある。
047 朝鮮八道……朝鮮王朝が置いた八つの道。京畿道《キョンギド》・忠清道《チュンチョンド》・慶尚道《キョサンド》・全羅道《チョルラド》・江原道《カンウォンド》・平安道《ピョアンド》・黄海道《ファンヘド》・咸鏡道《ハムギョンド》。「八道」は転じて「朝鮮全土」のことも意味している。
049 北村を過ぎて東福里……済州市の朝天邑北村里《チョチョンウプブクチョンニ》、旧左邑東福里《クジャウプトンブクニ》はともに済州四・三事件▼019当時多くの犠牲者が出た村。
054 セソカク……西帰浦《ソギポ》市にある渓谷。河口付近では淡水と海水が落ちあい、淵になっている。
054 ソグムマク……漢字表記は「塩幕」。かつて塩を焼いていたところに由来する地名。
054 種をまいておくれ……海女たちにとって海は「畑」。そして、その「海畑」に、アワビ、サザエ、テングサといった海のものの種をくださるのは海の神。母を待つ少年は、母の豊漁を祈って呪文を呟くのだろう。
056 火をおこして……済州の浜辺には、海から上がった海女たちが冷え切った体を温めるために、石をぐるりと丸く積みあげて囲いこんだ「焚き火場」がある。この作品では、その焚き火場で、母の帰りを待つ幼い息子がたったひとり、体が冷え切っているだろう母を想って火を焚いている場面が描かれている。著者が実際に東京で聞き書きした記憶の情景である。
059 北村の海を泣かせました……北村《ブクチョン》は済州四・三事件▼019以降、「無男村」(男性のいない村)と呼ばれた。
060 「行く春来る春」……映画の主題歌にもなった歌のタイトル。生き別れになった母を、やがて成長し人気歌手になった娘が公開放送で探し出し、とうとう再会するという内容。
062 スムビソリ……▼007

065 コルマク……済州市東福里《トンブクニ》の別名。旧左邑《クジャウプ》と朝天邑《チョチョンウプ》の境界に位置する東福村は「隔たりを埋める」という意味を持つ「コルマク」と呼ばれた。

066 水眼鏡……海女たちが使う潜水用の眼鏡。

069 解放……一九四五年八月十五日、韓国併合(一九一〇年)以来三十六年にわたる日本による統治から離脱したことを意味する。大韓民国では八月十五日を光復節、朝鮮民主主義人民共和国では解放記念日とする。しかし、植民支配からの解放は、願っていた独立ではなく、南北分断に至り、南側では米軍政によって植民地期の行政機構が継承されることになった。

076 クンデファン……クンデファン(君が代丸)は一九二三年から一九四五年の解放▼069直前まで済州と大阪を往来していた日本の定期旅客船。大柄な海女ムン・ギョンスの別名が「クンデファン」だった。

079 密航……一九四五年以降日本から済州島へ帰った朝鮮人は多く、その数は六万人にもなるという。だが、食糧難、疫病、政治的混乱などから多くの人々が日本にふたたび渡った。一九四八年以降、済州四・三事件▼019や朝鮮戦争のため、密航による渡日は加速的に増えた。その数は数千人以上になる。

083 城山……キム・スンドクさんの出生地。現在の西帰浦《ソギポ》市城山邑《ソンサンウプ》。

087 上軍海女……トップレベルの海女のこと。能力の高い順に上軍、中軍、下軍、補欠に分けられている。上軍のうちでも人望があつく技量が傑出した海女は「大上軍」と呼ばれる。

093 独島……日本では「竹島」と呼ばれる。日韓間で領有権が争われている島であるが、独島は済州海女にとって豊かな漁場だった。独島《トクト》に行く海女は、海女たちの中でも「上軍海女」▼087で構成されたという。済州海女による独島での海女漁は一九七〇年代まで続いた。

100 四・三……▼019

100 マンドクおばあさん……金萬徳。朝鮮時代の女性の豪商で、妓女という低い身分に屈することなく富を築いた。一方で済州島民を干ばつから救うために私財を投げ打った人物でもある。

101 マンゴン　タンゴン……どちらも男性が頭につける装飾品。

103 上軍海女……▼087

103 「学のない海女よ　どこへ行く」……「海女抗日歌」の歌詞。

104 解放……▼069

107 孟骨水道……全羅南道《チョルラナムド》珍島《チンド》郡《グン》西巨次島《ソコジャド》と孟骨《メンゴル》群島のあいだにある海路で危険区間。ここに二〇一四年四月十六日セウォル号が沈んだ。乗員・乗客の死者二九九人、行方不明者五人、捜索作業員の死者八人を出した。死者には修学旅行中だった高校生も多数含まれていた。

110 離於島……済州島民の伝説に出てくる幻想の島、彼岸の島として知られている。韓国には、この暗礁付近に来て漁をし、離於島《イオド》を見た者は、生きて港に帰ることができないという伝説がある。

111 ブンダ……분다。「(風などが)吹く」という意味。

111 上軍……▼087

115 上軍海女……▼087

115 武装隊……済州四・三事件▼019時に、南朝鮮労働党の主導で武装した済州島人民遊撃隊。「暴徒」「山部隊」などさまざまな呼称がある。島の住民がこれら武装隊に協調したという理由で大量虐殺の犠牲になった。なお、武装隊のリーダーたちについては「大韓民国のアイデンティティを毀損した」という理由から「犠牲者」から除外されている。

117 釜山国際市場をゆるがせた……この作品は、韓国語版のために用意されたものの最終的に収録されなかった多くの詩篇のうちの一篇。日本語版では、済州海女闘争の中心人物であったキム・オンニョン、コ・チャドン、プ・チュナの物語ではじまる第一部を、島の外でも力強く生き抜いた三名の物語で締めくくった。

117 カジメ……コンブ科の海草の一種。カジメには、火薬原料となる「カリ」が含まれ、「徴用」でカジメ切りに動員された海女も少なくなかった。

第二部

131 ポンポン蒸気……ポンポンポンと大きな音を立てて走る小型蒸気船。海女たちはポンポン蒸気に乗って沖合の潜水ポイントまで行った。

140 離於島……▼110

143 陶の器を砕いて　ばらまいて／さあ潜って　取ってこい……海女となるための訓練の情景を描いている。

147 スムビソリ……▼007

148 海女豆……大きくて細長い豆で毒がある。食べ過ぎると下痢になり、子どもの場合は命にもかかわる。望まない妊娠をした海女たちの堕胎薬にもなる。

154 戊子己丑……陰陽五行による暦で戊子《ムジャ》は一九四八年、己丑《キチュク》は十二月を指している。韓国では歴史的事件にこのような表記を使うことが多い。たとえば、甲午《カボ》(一八九四年)農民戦争など。

155 さあ波を打て　舟を漕げ……韓国語では「打つ」も「漕ぐ」も「치다《チダ》」を用いる。命令形は「쳐라《チョラ》」。船を漕げ！　チョラ！　波を打て！　チョラ！　となる。

167 スムビソリ……▼007

171 山に入る……済州四・三事件▼019当時、漢拏山《ハルラサン》に入り、「武装隊」▼115活動をしたことを指す。

171 巨済島……慶尚南道巨済《キョンサンナムドコジュ》市、釜山《プサン》広域市の南西に位置する。韓国では済州島に次いで二番目に大きな島。この島には朝鮮戦争後に捕虜収容所や難民キャンプが置かれた。

175 椿……済州島では一二月から四月にかけて咲く。済州四・三事件▼019の犠牲者の象徴となっている。

178 神房……済州島のシャーマン。一般に韓国のシャーマンは「ムーダン」と呼ばれ、ほとんどが女性だが、済州島の神房《シンバン》は男性も多い。銅鑼《どら》や太鼓を打ち鳴らし、死者を降ろして、その声を聴き、魂を鎮める神房は、済州四・三事件▼019で虐殺された遺体が打ち寄せられた浜で鎮魂の祭祀を行ったという。

187 一尋……約一・八メートル。

192 一尋　二尋……それぞれ約一・八メートル、約三・六メートル。

192 スムビソリ……▼007

196 十二尋……約二一・六メートル。

198 大上軍……▼087

198 オルム……済州島・漢拏山《ハルラサン》の噴火によって生まれた寄生火山。その数は島内に三六十余りになる。

198 タランスィ　オルム……済州島東部に位置する二番目に高いオルム▼198。女性的な美しい曲線ゆえにオルムの女王とも言われる。「タンランスィ　オルム」のふもとのタランスィ村は済州四・三事件▼019当時に村民が虐殺されている。

201 上軍海女……▼087

210 朝鮮族……中国籍を持ち、「朝鮮」と民族登録をしている人々。植民地期には「間島《カンド》」と呼ばれていた朝鮮人集住地域(現在の中華人民共和国吉林省延辺一帯)があり、現在も多くの朝鮮族が暮らしている。キム・スンドクの場合は、出稼ぎ先で中国人と結婚して「朝鮮族」となった。

訳者あとがき 1

姜信子

風土にはその風土の水や光や風や草木や土や石から生まれくる神がいるように、詩《うた》もまた風土から生まれくるのである。

風土に根をおろして生きる者たちの黙々たる日々、風土から根を断たれた者たちの行方知れずの生、風土で無残に果てた者たちの命のかすかな跡……、沈黙のうちに封じられた声、声、声。そんなひそかな声を聴きとった誰かが、抑えがたく自身の声で歌いだすとき、そこに詩が生まれ、ひとりの詩人が姿を現す。

詩集『海女たち——愛を抱かずしてどうして海に入ることができようか』はそのようにして生まれ、ホ・ヨンソンはそのようにして「水の生」を「わが生」として歌いだした。さかのぼれば、その歌声は、済州四・三事件を生き抜いた女たちの声にならぬ声に満ちた詩集『根の歌（뿌리의 노래）』（二〇〇三年）からこのかた、尽きせぬ水のように脈々と島をめぐり、海をめぐって、流れつづけているものでもある。

だから、ホ・ヨンソンの詩は、声に出して歌いたい。

詩行のうちに済州に生きる者たちの言葉を溶かしこんで、あるいは、몸（モム／身）と몸（モム／ホンダワラ）というような重なる音の響きのうちに一言では言い尽くせない記憶をそっと潜ませて、ときには言葉にはしがたい水の気配を音の連なりで確かに呼び出して、そうして滔々《とうとう》と、さらさらと、ざぶりざぶりとつながれていく言葉と音の流れは、実に見事に歌なのだ。

この歌の中には、きっと、済州四・三事件のさなかに海に放りこまれて殺された者たちの魂を鎮めて天にあげようと、亡骸が打ちあげられた浜に降りて命がけで銅鑼《どら》を鳴らして歌い踊った済州の巫者たちの歌声も潜んでいる。

ホ・ヨンソンとはじめて会ったのは、二〇一〇年三月のことだった。私にとっては最初の済州への旅で、詩人金時鐘《キムシジョン》が済州四・三事件をたどるための道案内人としてホ・ヨンソンを紹介してくれたのだった。

二〇一〇年九月、二度目の、二週間にわたる済州滞在のときには、ほぼ毎日ホ・ヨンソンと会っていた。

そのうちのある日、彼女が詩集『根の歌』の冒頭に置いている詩編「木綿布ハルモニ――月令里《ウルリョンニ》　チン・アヨン」の主人公の家へと連れていってくれたことがある。木綿布ハルモニとは、「四・三」当時、銃弾で顎を吹き飛ばされ、以来亡くなるまで話すこともままならぬ状態で、頭の上からぐるりと木綿布で顎のあったところを包んで過ごした人。木綿布ハルモニの家は、いまでは済州四・三事件の小さな小さな記念館のようになっている。詩人はその家にいったいどれだけ通ったのか、どれだけハルモニと向き合ったのか、まるで勝手知ったるわが家のように私を主なき家に招き入れたのだった。
この家で、ハルモニの生前に撮られた映像を観た。映像の中でハルモニはもう半世紀も前に顎を吹き飛ばされた現場を訪ねている。そこはごつごつとした玄武岩が積まれた石垣の前で、ハルモニは顎を吹き飛ばされて以来はじめてその場に立ったのだが、その瞬間、一気に時をさかのぼって、顔はみるみる恐怖に凍って、木綿布で覆った顎の奥から絞り出された声にならない叫びでウワッと画面が揺れた。

ひとりの女が石垣の下にうずくまっている
手のひらみたいな形の　仙人掌《サボテン》のように　座りこんでいる
真っ白な木綿布で顎を包んだまま
哭《こえ》が声となり、声が哭となる
あの女、くっくっ塞がった喉からの音　私には聞き取れない

胸にしんしん染みいる　あの女の泣き声　私には聞き取れない
（中略）
闇が深まるほどに　痛みも深く
たったひとり　虚しいものと闘って　夜明けを待ちつづけた
そんな夜を知らない私には
その深い苦痛の真実を　知りようがない
（後略）

——ホ・ヨンソン「木綿布ハルモニ」より

聞こえないわからない痛みの記憶が確かにそこにあることを噛みしめながら、女たちの語りえない記憶の標《しるし》を打ちこむ言葉を紡いで、済州という島の記憶の地図を描きだすようにして歌うホ・ヨンソンの詩の世界の一端に、このとき私ははじめて触れた。

木綿布ハルモニの家のある月令里あたりは、サボテンの群生地として名高いのだが、そのサボテンのひとつのようにしてうずくまる木綿布ハルモニの痛みの記憶に寄り添おうとするならば、記憶の棘に刺し貫かれるほかはなく、その痛みと疼きを抱きしめてホ・ヨンソンは歌う。月令里、木綿布ハルモニの無言の叫び、海辺に群生するサボテン。これが私にとってのホ・ヨンソンの詩の原風景。

二〇一九年秋、『海女たち』の翻訳に取りかかっていた私と趙倫子のふたりは、詩人を訪ねて済州島に飛んだ。なんとも間の悪いことに、台風もまた一緒に済州に飛んできた。

傘もさせない凄まじい風雨、白く大きくうねる波の激しく砕け散る海。雨で視界も霞む中を、詩人はふたりを車に乗せて、詩集に登場する海女のひとりヤン・グムニョの家へと向かった。海辺の村・東福里《トンボンニ》。村の入口には詩に描かれているとおり、大きなエノキが一本そびえたつ。

詩人が連れてきたお客さんだから。と、日本から来たふたり組はまことに鄭重に迎えられた。私はここでも、詩人がどれだけ海女ヤン・グムニョのもとに通い、どれだけ言葉を交わし、どれだけ記憶の棘を受けとってきたのか、一篇の詩「海女　ヤン・グムニョ」が生まれるまでの詩人と海女の出会いと交感の風景に思いを馳せた。

さあ、この客人たちにどの歌をうたってあげようか。

海女のなかでも抜きんでたソリクン（歌い手）であるヤン・グムニョが言い、私が試みに「行喪歌《ヘンサンソリ》」と言えば、それは弔いのときの歌だから、いまここで歌うわけにはいかないという言葉がやはり返ってきた。「四・三」当時、歌の名手であったヤン・グムニョの父は、海辺に打ち棄てられた無残の死者たちのために弔いの歌をうたい、その魂を慰めたのだという話を私は詩人から聞いていた。金寧《キムニョン》の人であったヤン・グムニョの父が歌えば、その歌声は近隣の海辺の村々にまで風に乗って届いて、「四・三」の虐殺のために男の消えた北村《ブクチョン》の寡婦たちの寂しい心を慰めて震わせて潤わせたのだと、だから「海女　ヤン・グムニョ」の詩のあの部分は歌がもたらすひそかな官能にもそっと触れているのだと詩人は語りもしていたのだった。

海女ヤン・グムニョはその父の歌を聞いて育ち、のちには重い病にかかった父とともに漢拏山《ハルラサン》のふもとの観音寺に入って修行しつつ、弔いの歌も仏教歌である回心曲も民謡も父のかたわらで聞き覚えた。十六歳にして村での弔いのときに「行喪歌」を歌うようになったという。父の教えのままに、海に生きる海女が、海ほどの大きな心で歌う弔いの歌。それを聴いてみたかった。土地の死者を土地の神の名のもとで歌い踊って慰めた巫者たちの声にも通ずるものを、ホ・ヨンソンの詩「海女　ヤン・グムニョ」からも感じていたゆえに。

チョーラ、チョラ（漕げ、漕げ）！

代わりにと、ヤン・グムニョが艪《ろ》を漕ぐ手つきで歌いだす。（詩人も一緒に声を合わせて、チョーラ、チョラ！）

イオドサナ、イオドサナ、どんどん進むよ、イオドサナ、チョーラ、チョラ。舟を漕いで、沖合に出て、水底《みなそこ》めがけて潜る、海女たちの生きるリズムで歌われる海の労働歌だ。民謡の「イオドサナ」の踊るリズムとはずいぶんと違う。

さらにもう一曲、ヤン・グムニョが「回心曲」を歌いだす。これもまた詩人がこれまで何度も聞いている歌だろう。この歌の言葉はヤン・グムニョが、身を浄めて、部屋に籠って、みずから作ったのだという。

むかしむかしの済州島の海女の皆様に捧げます
冬至の冷たい風に雪もはらはら舞うときも
いまではゴムの海女衣もありますが　むかしは素肌で海に入りました
身も切られるかのようでした　手足も凍りつくようでした
生涯　子どもらのため　あの海で苦難の人生を生き抜いて　この世を去った
母たちよ　姉たちよ　ご生前には食べることも書くこともままならず
恨を抱えて　心も塞がれて
痛むその胸を　回心曲で大きくお開きになってください
八萬四千の法門を開いて　極楽往生　ご昇天なさってください

ナムアミタブル《南無阿弥陀仏》　ナムアミタブル　ナムアミタブル

この歌は仏教歌としての〝回心〟の歌というよりも、鎮魂歌。父がそうであったようにヤン・グムニョもまた、済州島で生きて死んでいった者たちの魂を慰め、苦しみから解き放たれることを祈って歌った。それは済州島の厳しい風土から生まれた祈りの歌なのだった。

この日、詩人と訳者ふたりは、海女ヤン・グムニョの歌声に身を浸して、「水の生」を生き抜いた者たちのためにともに祈った。外は激しい嵐だった。海は大きな唸りをあげて荒れていた。

それからずっと、祈りを灯りのように心にともして、この詩集『海女たち』を繰り返し読んだ。詩人が紡ぎだした歌の調べを損なうことなく、いかにして日本語で歌おうかと大いに悩み、ときには途方に暮れながら、翻訳を進めていった。

思えば、この世のもっとも低きところ、もっとも深きところで生きられる

「生」とは、詩人が言うとおり、まさしく私たち自身の「生」でもあるのだろう。

力ある者、大きな声を持つ者たちが、ひそかに絶えることなくぎりぎりと、この世の民草に強いる理不尽のすべて（つまりは、隠されたこの世の真実）が、そこにはあるのだろう。

それでも流れる水のように絶えることなく、黙々と脈々と命をつないでゆく私たちの「母」が、「娘」が、そこにはいる。

生きることの哀しみも歓びも、孤独も愛も、絶望も希望も歌に溶けこんで、極限をくぐり抜けてこそ生まれいずる純粋結晶のようにして、そこにある。

抑えがたく溢れでる彼女たちの歌は、忘れられた私たちの歌。どうか、この歌が多くの人々に届きますように。この結晶が私たちの生の宝物となりますように。

訳者あとがき2

趙倫子

詩の翻訳の経験のない、素人同然の私が悪戦苦闘するのを見かねたのでしょう、私にこの詩集の翻訳を一緒にやろうと声をかけてくださった姜信子さんが、「ホ・ヨンソンさんに直接会いに行こう、行ってわからないことは全部聞いてしまおう」と提案してくださったのは二〇一九年の夏でした。そして実際に韓国・済州島に乗りこんだのは九月一九日のことでした。

「訳者あとがき1」で姜信子さんも書かれているように、まるで一緒に乗りこんできたかのように済州島には台風が上陸し、初日こそどうにか晴れていたものの、翌日からは雨、風がどんどん強くなっていきました。私は二〇〇三年から二〇〇五年まで済州に暮らしていましたが、あんなに荒れた海を見たことはありません。ホ・ヨンソンさんが私たちを海女のヤン・グムニョさんのご自宅に連れていってくださった日、道中の海岸線には白く荒い高波が繰り返し打ちつけ、道が飲みこまれてしまいそうなほどでした。どうにかたどり着いた彼女の村の入口には、詩に描かれたとおりに大きなエノキがありました。

　済州四・三事件の起こった日もそこにあったでしょう。そしてあの日から今日までの人びとの過酷な生を見てきたことでしょう。大きなエノキは、奪われたいくつもの命、なぜ死ななければならないのかさえわからぬまま消された命、そして一方で、あの日を生き抜いてきた人びとの命と私をつないでくれるような気がしました。この木を見たからにはもはや知らぬふりなど許されない、と思いました。届けなければ、伝えなければ、と思いました。

みずからを弱い存在であると認めている人びとに
限界を飛び越えてゆく彼女たちの勇気を
手渡すことができるかもしれないという思いもあるのです。
——ホ・ヨンソン「日本の読者に手渡すささやかな息」より

私は詩人のこの言葉に強く共感しています。私も弱い存在なのです。そして「海女たち」もまた特別な人びとではありません。そのような彼女たちが歴史の中で限界を超えて生きたことを知るとき、私たちは「勇気」を受け取るのだと思います。そうして時間や国を越えて人と人、心と心がつながっていくことのきっかけにもなると思うのです。

私は朝鮮の伝統芸能である「パンソリ」の伴奏者である鼓手《コス》をしており、それが高じて二〇一八年には済州四・三事件を題材にしたパンソリの台本を書きました。済州四・三事件は韓国内でも二十年ほど前まで、あまり大っぴらに話題にすることのできない事件でした。一九四八年、当時の李承晩政権が、この事件について「共産主義者による暴動」という烙印を押したからです。「反共産主義」を掲げる国家に生きる人びとにとってこの烙印は死刑宣告に値します。そのため、島民たちは口を閉ざしていきました。どうにかしてなかったことにしようとする大きな政治の力がはたらく中で、犠牲者はその時々の権力の都合でカテゴライズされ、そこに当てはまらぬ人びとは犠牲者としての資格も名前も失い、最初から存在すらしなかったかのように扱われています。二〇〇三年、ようやく当時の盧武鉉大統領が国としてはじめて謝罪をしましたが、いまも名誉を回復できないままの方がたくさんいます。そのような人びとと、生き抜いてきた人びとの小さな声を拾い、パンソリにしました。

この詩集の第一部に収録された作品では、それぞれの「水の生」を生きた海女たちの名前が詩のタイトルになっています。そのことに強く惹かれたのは、私が名前を失った人びとの物語を書いたからかもしれません。

ホ・ヨンソンさんと姜信子さんは旧知の間柄ですが、私はホ・ヨンソンさんとお会いするのが三度目でした。私の、おそらく見当違いの質問もたくさんあったと思うのですが、実に丁寧に、粘り強くご指導いただきました。ご多忙の中、非常に多くの時間を割いてくださり、繰り返す質問にもお答えいただきました。

姜信子さんには何度も自宅に呼んでいただき、翻訳について勉強させていただきました。翻訳においては元の言語である韓国語よりもむしろ日本語の力が問われるのだ、ということを痛感させられました。そして何より言葉について妥協しないということ、もっと適切な表現はないかと常に考えるということを教えていただきました。ホ・ヨンソンさんと姜信子さんには、この詩集を翻訳する機会を与えてくださったことに感謝しています。

そして、この詩集を手に取ってくださった読者の皆さんにも心から感謝いたします。私はいま、この詩集を土台にして「海女歌」という新しいパンソリを作ろうとしています。ここからさらに広がって、まだ見ぬ多くの「みずからを弱い存在であると認めている人びと」と、歌と語りによってつながっていくことでお返ししたいと思っています。

著者プロフィール

ホ・ヨンソン（許榮善／허영선／HEO Young-sun）

韓国済州島生まれ。詩人。済州四・三研究所所長、済州大学講師、五・一八記念財団理事、社団法人済州オルレ理事として活動しており、これまで済民日報編集副局長、済州民芸総理事長、済州平和財団理事などを歴任した。

著書に詩集『追憶のような――私の自由は』『根の歌』『海女たち』、エッセイ集『島、記憶の風』『耽羅に魅了された世界人の済州オデッセイ』『あなたには悲しむべき春があるけれど』など。詩の専門誌『心象』新人賞を受賞してデビューし、二〇一八年に詩集『海女たち』でキム・ガンヒョプ文学賞を受賞した。歴史書、聞き書き集、絵本など多くの著作がある。

日本語訳された歴史書に『語り継ぐ――済州島四・三事件』（村上尚子訳、二〇一四年、新幹社）があり、大村益夫編訳『風と石と菜の花と――済州島詩人選』（新幹社、二〇〇九年）に詩作品「傷」「揺れについて」「歳月」「石工について」が収録されている。

訳者プロフィール

姜信子（きょう・のぶこ）

一九六一年、神奈川県生まれ。作家。著書に『はじまれ　犀の角問わず語り』（サウダージ・ブックス）、『生きとし生ける空白の物語』（港の人）、『平成山椒太夫　あんじゅ、あんじゅ、さまよい安寿』（せりか書房）、『現代説経集』（ぷねうま舎）など多数。訳書に、李清俊『あなたたちの天国』（みすず書房）、ソ・ジョン『京城のモダンガール　消費・労働・女性から見た植民地近代』（みすず書房）、ピョン・ヘヨン『モンスーン』（白水社）。共著に『完全版　韓国・フェミニズム・日本』（斎藤真理子編、河出書房新社）、編著に『死ぬふりだけでやめとけや　谺雄二詩文集』（みすず書房）、『金石範評論集』（明石書店）など。二〇一七年、『声　千年先に届くほどに』（ぷねうま舎）で鉄犬ヘテロトピア文学賞受賞。

趙倫子（ちょ・りゅんじゃ）

一九七五年、大阪府大東市生まれ。韓国語講師。パンソリの鼓手および脚本家。創作パンソリに「四月の物語」「ノルボの憂鬱」。

本書は韓国文学翻訳院の助成により出版された。

海女たち
――愛を抱かずしてどうして海に入られようか

二〇二〇年三月三十一日初版第一刷発行

著　者　ホ・ヨンソン（許榮善）
訳　者　姜信子　趙倫子

発行所　新泉社
〒一一三 - 〇〇三三　東京都文京区本郷二 - 五 - 十二
TEL〇三 - 三八一五 - 一六六二
FAX〇三 - 三八一五 - 一四四二

装幀　納谷衣美
装画・イラスト　中井敦子
印刷・製本　萩原印刷

ISBN978-4-7877-2020-7　C0098